U0455195

阴翳礼赞

（日）谷崎润一郎◎著

刘莉◎译

应急管理出版社

·北 京·

图书在版编目（CIP）数据

阴翳礼赞／（日）谷崎润一郎著；刘莉译 . - - 北京：
应急管理出版社，2025

ISBN 978 - 7 - 5020 - 9992 - 3

Ⅰ. ①阴⋯　Ⅱ. ①谷⋯　②刘⋯　Ⅲ. ①散文集—日本—
现代　Ⅳ. ①I313. 65

中国国家版本馆 CIP 数据核字（2023）第 114961 号

阴翳礼赞

著　　者	（日）谷崎润一郎	
译　　者	刘　莉	
责任编辑	王　珅	
封面设计	胡椒书衣	

出版发行　应急管理出版社（北京市朝阳区芍药居 35 号　100029）
电　　话　010 - 84657898（总编室）　010 - 84657880（读者服务部）
网　　址　www. cciph. com. cn
印　　刷　三河市中晟雅豪印务有限公司
经　　销　全国新华书店

开　　本　880mm × 1230mm$^1/_{32}$　**印张**　6　**字数**　120 千字
版　　次　2025 年 3 月第 1 版　2025 年 3 月第 1 次印刷
社内编号　20200349　　　　　**定价**　48. 00 元

目录

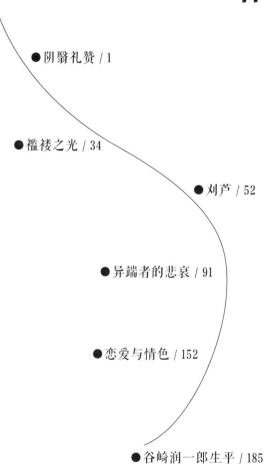

阴翳礼赞

　　如今，人们只要走进酒吧、旅馆等场所，总会不由自主地关注一个问题，那就是室内的照明设备与建筑本身是不是协调的，即便有的人对建筑知识一窍不通。究其原因，日本的建筑爱好者们在建造房屋的过程中，总会费尽心思去改进些什么，以便让自来水、电灯、煤气等各种设备安装与房屋本身的风格更协调。

　　当然，这并不包括那些一心只追求自然风光的风雅之人。但是，身处现代文明城市中的人，又怎么可能完全抛弃科学而只追求自然呢？无论他们多么热爱日式建筑，都不可能抛弃电灯、供暖等现代设备。不过仍旧有一些过于执拗的人，就算不得已接受了电话、电灯等设备，也必须将它们安装在屋内不显眼的地方，如扶梯下或者走廊的尽头。他们过于在意细节，反而让自己神经紧绷，烦躁不已。

　　事实上，这些现代设备已经逐渐融入我们的生活，很多人都习以为常了。就拿电灯来说，加上一个白色玻璃灯罩后，光线立刻就变得柔和平静。夕阳西下，人们坐在火车中，眺望那从农家透出来的温暖的灯光，欣赏这朴实无华的自然之美。再来说说电扇，无论从外形还是转动时发出的声音来说，都和日式房屋的设计格格不入。一般家庭若不喜欢不用便是，但旅店和饭馆等公共场所的老板，却不能依照自己的喜好随心所欲地来决定。

　　我有位热爱建筑的朋友，同时也是偕乐园的主人[1]，十分厌恶电扇，一直不在房间里安装它们。然而每到盛夏时节，酷暑难耐，客人纷纷抱怨，最终，这位厌恶电扇的主人不得不妥协，安装了电扇。其实，我们每个人都曾经历过这样的事情——在投入大量资金建造房屋时，因为过于在意细节，反而给自己带来不必要的烦恼。比如，在装饰房屋时，原本想安装纸拉门，追求柔美淡雅的感觉，却发现这样做的话不仅缺少趣味性，而且采光性不好，安全性也不高，因而又开始在外侧加装玻璃门，无端增加了设计费用不说，还失去了原本的美感，这个时候再后悔已经晚矣。在嘲笑他人这样做得不偿失的时候，我自己又何尝不是呢？其实这些年来，电灯的样式、类型已经十分丰富，并且其中许多都与日式房屋的设计风格相得益彰，但是因为我偏爱老式的长明灯、煤油灯等灯具，于是便给这些老式灯具安装灯泡，继续使用。

---

[1]　指笹沼源之助，是作者的小学同学，也是作者的好友，是当时最著名的中餐厅之一"偕乐园"的经营者。——译者注

其实这些都不算什么问题，最难的是取暖，因为现在几乎买不到一个可以和日式房屋相匹配的火炉。按理说，电炉是最符合要求的，但却没有合适的样式。若勉强使用煤气炉，不装烟囱的话，燃烧时就会发出噗噗的声音，让人头痛不已。我甚至还想过把电车上的加热装置直接放进壁炉中，这样虽然在外观上符合日式风格，但由于看不见燃烧的火焰，冬日里一家人围炉相聚的快乐就感受不到了。最终，我费尽心思做了一个可以装电热丝的大暖炉，这种农家用的暖炉不仅能取暖，还能煮茶水，可谓一举两得。虽然费用会有些高，但其他方面没有任何问题，已经算是十分合理的设计方案了。

接下来比较难的问题就是浴室和厕所。若是从经济角度考虑，铺瓷砖的浴室当然是最实用美观的。但是偕乐园的主人讨厌瓷砖，而且整个客用浴室都是纯木质结构的，若是只有少量空间使用瓷砖，而天花板等地方都采用上等的木材，那么就会使整个浴室看起来非常不协调。而且，随着时间的流逝，柱子、板壁等地方会变得潮湿，散发出木质气味，那时亮眼的白瓷砖就会显得更加格格不入。其实，浴室相对来说更容易让人接受，毕竟可以因为追求趣味性，在实用性上略微降低要求。但装饰厕所可就难了。

奈良与京都等地的寺院内的厕所，都是老式建筑，虽灯光微暗，但非常干净，给人一种舒适的感觉，我一直认为，这是日本建筑的可贵之处。日本的厕所不建在正房之内，而是建在一片葱郁、幽静的树荫之中，需要经过一个回廊才能到达。在微暗的灯光下，不管是眺望窗外景色，还是看着反射在纸窗上的光线，都会让人心情愉悦，这片刻的悠然自得难以言说。每天早晨，都能看到整洁干净的墙壁、纹理分明的木板，以及窗外郁郁葱葱的树木和碧蓝的天空。这是漱石先生[1]每天清晨最快乐的事情——除了生理上的快乐，更多的是这种欣赏周围美景的舒适之感。

　　其实，日本人在设计厕所时，优先考虑的就是灯光较为昏暗、内部异常干净、听得见虫鸣的僻静之地。若是天空中下起了小雨，在厕所内便能聆听到外面滴答的声响，我偏爱这样的感受。关东地区的人喜欢在厕所侧壁靠近地板的地方，设计一个又长又细的用于放垃圾的开口，这样，当雨水从房檐、树叶上流下，滑过踏脚石上的青苔进入泥土时，这动听的声音仿佛就在耳畔回响，真是妙不可言。厕所，大概是日本建筑中，最雅俗共赏的地方，既是不洁的场所，又是最雅致的地方。这般幽静闲适、绿树成荫、鸟语花香之地，不知给古时的诗人带去了多少灵感。西方人认为最不洁净的地方，我们的祖先却将其建成了最雅洁的场所，在这里吟风弄月。若一定要说出它还有哪些不完美的地方，那便是距离。日本的厕所离居室都比较远，寒冬腊月间起夜，很容易感染风寒，

---

[1]　夏目漱石（1867—1916），本名夏目金之助，笔名漱石，日本近代著名作家，在日本近代文学史上享有很高的地位，被称为"国民大作家"。——译者注

不过这就像斋藤绿雨[1]说："雅即寒也。"

对于那些偏爱改建茶室的风雅人士来说，相比宾馆里西式带暖气的厕所，日式的更合他们的心意。然而只有在寺院等建筑面积较大，居民较少的地方才能保持日式厕所的风雅。对于一般家庭来说，想要时刻保持厕所干净比较困难，因而大多数家庭都会选择在厕所内铺地砖、安装净化设备。这样不仅干净，而且省事，只是失去了风花雪月的感觉。

西式的厕所采用纯白的墙壁，配合着明亮的灯光，内外的确也十分干净。但我始终认为，不必过分关注秽物。因而厕所的灯光还是暗一些较好，否则会失去享受"生理快感"的氛围。这就像肤如凝脂的美女，在众人面前过分暴露身体部位，就会给人一种不礼貌的感觉。如果再被明晃晃的灯光照着，则会过分引人关注，让人浮想联翩。因此，我在建居所时，虽然安装了净化设备，但也不用瓷砖铺地，而是用楠木铺地，保留了日式风格。只是，我在便器的设置上遇到了困难。一般水冲式的便器都是纯白的瓷器并且带金属把手，而我偏爱木制涂蜡式的把手，因为木制纹理总有种让人心平气和的魅力。只是年复一年，木制的把手会渐渐被腐蚀成灰黑色。虽然我不能仿造出那种连杉树叶飘落都悄然无声的木制便器，可也想拥有冲水式便器。只是定制费用高昂，我不

---

[1]　斋藤绿雨（1867—1904），日本小说家、文学评论家。代表作有《油地狱》《门三味线》

得不选择带有方便的照明及取暖设备的国外设计。我并非不能接受国外的器具，只是不明白为何不能在引进国外器具时，根据我国国情和国民生活习俗去稍加改进呢？

　　如今，电灯的样式越发繁多，其中纸罩座灯式的流行，让人们重新认识到纸制品自带的温和与柔美感，而且更适合日式风格的居所。然而生活中常用的便器或取暖的火炉依旧没有适合日式房屋风格的样式，就连把电磁石安装到火炉中这种简单的设备，都没有人去发明。目前市面上所有的火炉都是西式的，完全不适用于日式暖室。也许有人觉得只要能取暖驱寒，解决基本的生活需求，就不必苛求外观样式。实际上，每当寒冬来临，大雪纷飞之际，只要有便利的驱寒保暖设备，人们根本顾及不到风雅与否。

　　我时常在想，若东西方各自独立发展，不相互交流，那么如今的社会或许会是另一番景象吧。比如，若是我国有自己的物理、化学知识，那么以这些知识为基础衍生的科技文明、工业设施等应该都会按照国情持续发展，尔后生产的所有日用品、机械、药物等都会符合国民生活习惯。或许，对物理、化学等原理的认知也会完全不同。

　　但我并不是科学家，一切也都只是朦胧的想象而已。不过若实用主义的发明创造，能够符合东方社会的独特性，那么可能除了衣食住行外，还会对自身的艺术、事业甚至宗教与政治文化等产生深远的影响。我在《文艺春秋》上发表的那篇文章——《钢笔和毛笔的异同》中提到，若钢笔是由日本人或中国人发明的，那么笔尖就有可能是毛笔头而非钢笔尖了，墨水也会是墨汁一般的液体，而不再是现如今蓝色的钢笔墨水。这样，西方的纸张就不适用于写字了，只能大量生产半改良纸和日本和纸了。若文房四宝真的按照文章中的假设发展，那就没有如今的钢笔和墨水了，汉字、假名也会受到人们更广泛的热爱。甚至我们的文学思想也不会再西化，而会创造出独一无二的新世界。可见，这不仅仅是关乎文房四宝的小事，其中的意义和影响力是无穷无尽的。

　　上面的言论不过是一个小说家的想象，我很清楚，事情已无法逆转，因而我这样的论述也只是无法实现的痴论罢了。只是仔细想想，西方遵循着他们的轨迹发展至今，有他们自己的文明，而我们却要放弃过往所选择的发展路径，去汲取西方的文明，这才产生了重重阻碍。但是，若非我们汲取了西方优秀的文明，我们自身的物质文明发展，也有可能会停滞不前，在印度或中国的偏远乡村，他们的生活可能还与孔子时期一样。不过他们选择遵循自己的发展方式，只要一直努力向前，哪怕速度慢一些也不要紧。甚至有可能某一天他们能创造出适用于当下文明的用具，来代替如今的飞机、电视等现代设备。换句话说，就如同电影一样，因为国家的不同，画风与色调便有了不同，更别说角色设定、演技等，就连单纯的拍摄手法都是有区别的。就算使用同一台相机、胶片等拍摄，最后也会呈现迥异的效果。

　　若是我们拥有自己的独特技术，便能拍摄出体现我们的肤色、自然风光和人文思想的影片了。就拿留声机、电话等设备来说，我们的音乐原本是柔和的、以精神思想为主的，可一旦通过留声机或扩音器播放出来，它本身的美妙就少了一半。我们平日里说话的语调是很轻的，而且注意话语间的停顿和间隔，一旦被扩音器之类的设备放大后，这种"间隔"就不复存在了。我们总是在改变自己去适应这些由于科技发展而发明出来的新设备，从而丢失了我们原本的艺术；西方人则根据自身的需要发明新设备，因而他们能不受限制地表现自己的艺术。

　　据说，纸张是古代中国人发明的。每当我们看到唐纸及日本和纸的纹理都会倍感亲切，而对西方的纸张却毫无感情可言，仅仅觉得它们比较实用。就简单的白纸而言，唐纸拥有柔和的表面，且触摸它们时温和柔软，给人以润物细无声之感，这一点是西方的纸张所达不到的。那种光灿灿的东西总会让人心神不宁。西方人喜欢用银、钢等材料制造餐具，并把它们打磨得锃亮，这是我们所讨厌的。日常生活中，我们也会使用银制的水壶等，但不会把它们打磨得那么光亮，而是更偏爱那些承载着时间记忆的黑黢黢的样子，只是家里的女佣不解风情，将其擦得明晃晃的，反倒会遭受主人责骂。

　　或许是中国人喜爱典雅的古物，近年来，中国饭店使用了大量的锡制餐具，我们日本人也十分喜爱这些餐具。锡制品与铝制品看上去十分相像，只是锡制品上会刻有年月、诗词等内容，经年累月，它们的表面逐渐变成灰黑色，和那些诗词相得益彰，更让人觉得典雅。轻薄闪亮的锡金属经过中国人的打磨，很快就变成了古香古色的瑰宝。除了锡制品，玉石也很受人欢迎，这种经漫长岁月凝结而成的宝石，有着独特的光芒。对玉石的喜爱，大概是东方人独有的吧。玉石没有钻石那么闪亮，也没有红宝石或绿宝石那样的光彩，但是一看它们，你就能立刻知道它们来自中国。因为在那玉石淡淡的色泽中似乎蕴藏着中国久远的历史和文明。

　　关于水晶，我们更偏爱古时甲州生产的。甲州产的水晶里面含有不透明的固体，所以带有一种朦胧之感。而最近进口的智利水晶则非常澄净。玻璃也是如此，如中国人制造的套料玻璃，也被唤作乾隆玻璃，看起来更像玛瑙或玉石。由此可见，东方人很早便知晓制造玻璃的技术，但不如西方的技术那么成熟。陶瓷制作技术的快速发展，则与我们的国民性密切相关。其实，对于那些闪亮的器具，我们并没有一味反对，只是相较于它们明亮的色彩，更偏爱阴翳静谧的色彩。无论是天然的玉石还是人工雕琢的玉石，都带有时光的烙印。其实，中国的"手泽"一词和日本的"习染"一词，指的都是人用手旷日持久地抚摸某一种物品时油脂浸入后形成的光泽。换言之，所谓时光的烙印就是这种油脂浸入后形成的光泽。

由此看来，与日本流传的俗语"雅即是寒"一样，"雅即是垢"的说法也是成立的。简言之，我们热爱且追求的，是夹杂着一些污秽成分的"风雅"。西方强调白玉无瑕的美，而东方却保留污秽并将其融入美中。因此，我们才会爱那些带有人的污秽和油脂的东西，爱它们独特的色泽，也才会选择那样的居所和用具，并感到赏心悦目。

我时常在想，医院的墙壁为什么一定要明晃晃的？医生为什么一定要穿白色的制服？医疗设备为什么一定要亮闪闪的？既然医院是用来帮助患者治病的，那么为什么不能改用更贴近国民生活的轻柔温和的东西呢？如果医院的墙壁能够改用砂壁，患者在治疗的时候就不会总是惶恐不安了。尤其是看牙医的时候，听到那机器的响声，看着满屋子的金属医疗设备，总是让人感到恐慌。每当要去看牙医，我更倾向于选小诊室的医生，而不是那些所谓留学归来拥有最先进技术和器械的医生，只不过如今要想找使用老式器械的医生已经不容易了。我们引入国外的医疗设备，就不会去在意它是否与日式建筑风格和谐一致了。

"草鞋屋"是京都著名的一家餐馆，用传统的蜡烛来照明是这家餐馆的一大特色。然而今年春天当我再一次走进餐馆时，发现这里的蜡烛已经换成了流行的带有方形纸罩的座灯。询问店主后才得知，有顾客投诉蜡烛光线太暗淡，所以才改用电灯的。不过店主依旧为有需要的顾客保留了蜡烛，

我来这里本来就是为了享受这幽暗的烛光，便让店主为我点
上了蜡烛。

　　直到此刻，我才体会到，唯有这隐约昏暗的光亮才能映
衬出日本的漆器之美。店内改用电灯后，天花板和墙上的小
格子都映出黑色的光亮，这间四张半席子大小的茶室仍然有
昏暗之感。若是保留从前的蜡烛，顾客在进餐后定会发现这
些漆器特有的魅力——沼泽般澄澈的光芒。祖先们发现了漆
这种涂料并学会了如何使用这种涂料，这并非都是巧合。

　　我从朋友那里得知，如今的印度几乎都使用漆器作为食
物器皿，而非陶器。这一点与我们是相反的，日常我们都使
用陶器，只有在茶道和其他仪式上才会使用漆器。平时只要
一说起漆器就会想当然地认为它十分平庸，其中也有电灯等
现代照明设备太过"明亮"的原因。所以，若是想要展示漆
器的魅力，就必须要在"暗"的环境中。尽管现在有了白漆，
漆器仍然延续传统，只有黑、褐、红三种颜色，且都是由层
层的"暗"覆盖而成。因此当我们在"明亮"的光线下，欣
赏那些华丽的涂蜡书架、盒子等物品时，就会心烦意乱，只
觉得眼前的一切平庸不堪。若是用昏暗的烛光来填补器皿的
空白，那么就会发现原本平庸的器物又变得庄重起来。

　　从前，用漆来绘制泥金画的匠人，肯定已经意识到漆在
昏暗光线中展现出来的色泽。他们又想到如果用金色来衬托，
那么泥金画在昏暗灯光中的效果更引人注目。总而言之，泥

金画的美丽隐藏在暗处，那金色点缀的光芒只有在烛光的映照下，才能显现其韵味。雅静昏暗的室内，有了漆器的存在，才能映衬出烛火惺忪的梦境之美。你看，那席子上几颗晶莹的水滴，追着光缓缓流淌，这潺潺的流水勾勒出泥金画的轮廓，何其令人着迷啊！作为食物器皿，漆器雅致而庄重，手感轻柔，而陶器就略显沉重了些，导热过快又总会发出杂音，缺乏静谧的美感。手捧热饮杯，杯子的重量和从中散发出的暖意传入手心时，如同托着身体柔软的小婴儿，所以如今的饮水用具保留漆器也不是没有道理的。

人们打开陶器杯盖的那一刻，杯中之物一览无余，好生无趣。相反，打开漆器的杯盖，望不见杯中的情形，只有靠近嘴边时，才能看见与杯体颜色几近相同的液体悠闲地游荡着，好生惬意。此刻，即便不明杯中之物，但从中不断冒出的暖气夹带着点点芳香扑鼻而来，未入口便已知其滋味。这种禅意和神秘感带来的美妙是陶器无法比拟的。

汤碗与桌面接触时产生的细微鸣响，让我不禁想到幽静山谷中的虫鸣，仿佛置身于另一个世界。此刻，我的思绪飘荡，犹如品茗之人听见茶水沸腾之声就能想到清风明月，进入心无旁骛的至高境界一般。曾有人说，日本的食物更像是供人欣赏的艺术品，而我认为，除此之外它还可以作为冥想之物。比如，漱石先生曾写了一篇文章夸赞"羊羹"的色泽。将羊羹放进漆制的果盘中，隐约昏暗的底部透出深沉繁杂的色泽，是奶油等单一枯燥的西方点心所不能比拟的。漆器与羊羹的融合，让原本不那么可口的羊羹瞬间变得芳香浓郁。而这一切，都要归功于"暗"的烛光与漆器完美融合后产生的难以言说的美。这不就是冥想的色彩吗？

总而言之，几乎所有的国家都很注重食物与器皿间的色彩及光泽的协调性。这一点在日本尤为明显。因为若是在十分明亮的环境下，用白净的器皿盛装食物，食物看上去不那么可口，品尝者的食欲会大大降低。如同每天清晨我们都会喝赤褐色的酱汤一样，每次看见汤的颜色便能知晓其制作场所是何等古香古色。

很久之前，在一次茶会上，我品尝了一种很常见的赤褐色汤汁。在幽暗的烛光下，看着暗色的碗底，顿觉有一种深邃之美。京都、大阪等地的人，都喜欢用浓郁的酱油炒菜，这样可以烘托出阴翳的色泽之美。毕竟豆腐、山药汁等纯白色的食物，在明亮的室内难以显示出它们的本色之美。如同那刚蒸好的热气腾腾的白米饭，被装入黑色的器皿中，明暗的对比突显出饭粒的雪白和光亮，让人顿时食欲大增。这样看来，我们的饮食和"暗"是分不开的，一切都以"阴翳"为基础。

与西方高尖屋顶的哥特式建筑不同，日本的寺院、宫殿、住宅等建筑的屋顶都覆盖着大片脊瓦。有时，即使阳光明媚，在屋檐的庇荫下，建筑也会阴暗到连墙壁、大门或走廊都看不清。无论是知恩院那般恢宏的建筑，还是普通人家的茅草屋，都是这样的"幽暗"设计。虽然我对建筑所知甚少，不过就外观而言，旧时的建筑屋顶又重又高，面积很大，如同一把撑开了的伞，庇护着居所，伞檐下就是那阴翳之处。不过西方的建筑，主要为了遮风挡雨，就外观而言，更像一顶遮阳帽，帽檐窄小，所以光照能进入室内。日本建筑之所以设计如此宽长的屋檐，是受建筑材料和本地气候等各种因素的综合影响。比如，日本人在建造房屋时不会使用玻璃、水泥等材料，但又要考虑到风雨来临时的承受力，不得已只好增大屋檐的遮阳面积。所以，即使我们的祖先也希望能生活在敞亮的房间内，但因为客观因素，只能这样建造房屋，而这样做的结果却阴差阳错地让人们发现了阴翳之美。

美，原本就是在生活中被寻找、被发现的。祖先们发现了阴翳之美，并将其融入之后的建筑中，逐渐形成了日本特有的风格。每当西方人看到日本客厅的朴素设计时，总会大吃一惊，实际上，只是他们不懂日本的阴翳之美而已。日本的屋苑之美，由阴翳的程度来决定。日本居所内的墙面唯有一层灰色，而无其他装饰，看起来有些单调。此外，日本人通常在屋外阳光难以照射的地方建有土庇或走廊，进一步防止阳光直射进屋内。对于我们而言，居室的雅致和美丽，是透过纸门照进来的淡淡的光线。我们的仓库、厨房等地方可以使用透明的涂料，但居室内则一直采用砂壁。如此一来，那温暖而静谧的阳光洒下时，仿佛给砂壁涂抹上了轻柔的色彩。

就像我们看到的，这种淡淡的光源照射在昏黄的墙壁上的模样，就是最好的装饰品。虽然每间居室的底色各有不同，但每次砂壁被纯色的光源照耀时，带给人的美感却相差无几。而且因为墙壁色泽的不同，室内阴翳的程度也各不相同，最终形成的色调也就有所差异。说起来，从前悬挂在客厅中的壁画、摆放的鲜花，还有壁龛，都是为了凸显阴翳的效果。主人在悬挂每一幅书画时，都会考虑到它和壁龛、墙壁是否协调，风格是否一致。书画的创作技巧很重要，装裱方式也同样重要。悬挂的书画，一定要与居室的风格一致，若是与壁龛不协调，那么再名贵的书画挂在这里也会黯然失色。而一幅平庸的书画，是如何使得居室变得引人注目的呢？大抵是因为纸张、墨色、装裱所呈现出来的古韵吧，毕竟拥有这样气韵的书画，才和壁龛及屋内的阴翳设计相得益彰。

过去，我们到访过京都和奈良等地那些历史悠久的著名庙宇，常常得见一些珍贵的字画，悬挂在院内大书院的壁龛中。幽暗的壁龛使得字画变得朦胧，我们一边听导游的讲解，一边审视着褪色的墨迹，想象着画中的意境与绝妙之处。因为字和壁龛高度契合，字画朦胧的模样已经不算是缺点了，反倒是增添了一丝神秘感，让人不禁感叹这处建筑的精妙。不过，通常在寺院这种处所，古字画的朦胧和砂壁的作用其实是一致的，都是为了突出那轻柔温和的光线，为了体现阳光照耀时美丽的一面。新的水墨或色彩画，极易破坏壁龛原本的阴翳之美，这也是我们选择书画挂轴时要考虑时代和雅致的原因。

若是将日本的居所比作一幅水墨画，那么纸拉门就是其中墨色最浅淡的部分，而壁龛则是最浓重的部分。每当我看到日本客厅中的壁龛时，总会感受到其中散发出的幽静雅致，忍不住惊叹日本人对于光和阴翳之间协调性的运用，如此恰到好处。事实上，它们之间没什么特殊的关系，若非要说有什么，或许就是用干净的木质材料和洁白的墙壁去构建一个向内凹陷的空间，光线由此穿过，最终呈现出阴翳之美。与此同时，就算知晓棚架之下、花盆周围没有遮天蔽日的树荫，但我们仍然会去远望它们，仍然能感受到幽深静谧。也许这就是西方人所说的"东方的神秘感"吧。为何年少时看到幽暗的客厅和壁龛，只会感到惊恐呢？其实，这一切都归功于阴翳。若是没有阴翳的存在，壁龛瞬间就会成为一片空白，丝毫不会引起人们的注意。我们聪明的祖先，巧妙地将空间藏匿起来，形成了自然的阴翳之地，这静谧玄妙之感是用任何装饰品都无法展现出的。这看似毫无难度，实则困难重重。就拿壁龛来说，框架要多高、旁边窗户要选择什么形状等各种细节都需要提前考虑好。我凝望着书斋中的纸拉门，看着那光线缓缓射入，一时间竟忘记了时光还在流逝。书斋，是古时的人们读书的地方，因此才设计了窗户，却阴差阳错地被壁龛用来采光。其实，与其说是采光，毋宁说是在过滤太过强烈的光线。当光线从侧面进入，借由纸拉门的映射，形成了清冷的色调，最终回到庭院的时候，已经没有了当初的炙热，留下的只有纸拉门上的淡淡光芒。无论四季如何变换，只要我站在纸拉门前，就能感受到那淡淡的光芒。每天从清晨到日暮，无论是阳光灿烂的日子还是浮雨霏霏的时节，这样的光线从没有改变过。经过纸拉门的过滤后，那最终停留在纸上的光芒，就像不沾染一丝尘埃的净土，让人惊诧。惊诧于纸拉门过滤后的光芒是那样美，让人移不开眼。在凝视这美好的光芒时，我时常会眨眨眼睛，好似眼前有物体飞过，迷离了我的视线。后来我才发觉，这是由于纸拉门上的光芒太过于微弱，抵挡不了壁龛上的阴翳，才让人感觉仿佛置身于一个朦胧模糊的场所。

　　各位若是与我一样身处这种境地，也一定会感受到居所内光线的变化，以及它的特别之处，从而忘记时间的流逝。以至于我有时会惧怕时光流逝得太快，等自己回过神来的时候已经变成了一个白发苍苍的老人。

　　若是各位进到那深宅大院内，在阳光照射不到的阴暗的地方，会看到那由金色屏风、隔扇隔开的各个房屋。照射在其中的光线与远处庭院中的光线相互交映，反射出来的光芒如梦如幻。那是我第一次看到黄金的饰物竟然可以呈现出这般深沉的美丽——金色的微光投入昏暗的角落中，仿佛夕阳西下，让人的心情沉静下来。于是，我绕着那黄金饰物仔细观察，发觉它底部闪耀着强烈的光芒，那是一种长久而持续的变幻着的光芒，绝非一闪而过。在这样幽暗的地方，怎么会有如此炽热的光芒呢？此刻，我才真正地理解古人为何会用黄金来塑造佛像或装饰墙壁。因为他们长年居住在昏暗的房间中，需要用黄金来反射光线，而现在的人们居住在采光充足的室内，已经无法感知黄金在这方面的实用性了。

总而言之，古时的人们并非为了奢靡的生活才使用黄金，而是他们深知用黄金采光的实用性价值。银或其他金属都很容易褪色，唯有黄金能带来持久的光芒，照亮那幽暗的居室。前文我曾提到漆器上的泥金画是为了增强观赏性所以特意加上去的，如今想来，大概古时所有的金银线纺织品、泥金画等，都是基于这个缘由。现如今，很多寺庙的正殿都非常敞亮，若是僧侣衣着过于华丽则实难让人产生敬意，就算是德高望重的高僧也是一样。因而在那些著名的寺院中，每当举办传统的佛事时，总能看见僧人身着金银线织成的袈裟。这一切都那么自然、协调又庄重，与泥金画是一样的原理——华丽被阴翳掩盖，唯有袈裟上的金丝能不时地闪烁着耀眼的光芒。

我个人认为，"能乐"[1]服装是最适合日本人肤色的，

---

[1]　能乐是日本最具有代表性的传统艺术形式之一。能乐包括"能"与"狂言"，两者通常同台演出。"能"通常在扮演鬼魂、妇女、儿童和老人时使用面具；"狂言"则是建立在喜剧对话的基础上，而且极少用面具。——译者注

那样的服装通常都是金银线织成的。而且身着"能乐"服装演出的演员不会像歌舞伎那样涂脂抹粉。在这样的情景下，日本人独特的如象牙一样的淡褐色皮肤更显得魅力十足。每一次我观看"能乐"表演时，都会忍不住夸赞一番。与浓绿色和褐色的士卿礼服以及狩衣[1]相比，金银线织成的服装，还有刺绣的外衣总是那么相衬。有时还会忽然发现有些"能乐"演员其实是个翩翩美少年，皮肤白皙，面容稚嫩，比女演员更多了一些独特的魅力。如此看来，古时的大名总是沉迷于演员的倾城容貌，这一点也就不足为奇了。歌舞伎表演大多以历史为主题，因而演出服装都十分华贵，而且对"性魅力"的表现也强于"能乐"。然而，每一次"能乐"表演带给我的震撼总是远远超过歌舞伎表演。

从前看歌舞伎表演，带给我的感受其实与"能乐"是相同的。只是如今西式照明设备传入日本，使得歌舞伎服装在这样的舞台上显得过于平庸俗气，加之化装技术的盛行，更是缺少了原始的美丽，令人望而生厌。反观"能乐"，演员的面容、服装等均保留原样，我们在观看演出时，看着那略施粉黛的清秀面容，便知那是天生丽质，并无欺骗成分。台上的演员和我们的肤色相同，身着与这个时代格格不入的华丽衣裳演出，这画面是多么的美妙啊，这才是最打动人的地方。

---

[1]　狩衣在古代日本是野外狩猎时所穿的服装，其原型是披肩与铠甲，起初是武家独创，并且具有严格的服饰概念。在平安时代属于官员的便服，在镰仓时代，通常为祭奠中神官所穿的服装。——译者注

往日，我观看"能乐"《皇帝》一剧时，被扮演杨贵妃的金刚岩氏深深地吸引，他袖口处露出的双手是如此美丽，时至今日，我都忘不了。那时，我一面欣赏着表演，一面观察着自己的手。或许是因为他将所有手部的动作和技巧都集中在了手指上，加之那散发着光芒的皮肤，所以才美得如此让人惊叹！

可转念一想，那也是日本人的手啊，和我放在双膝部位的手并无不同。可同样肤色的手，为何只有他的手可以绽放出那样的魅力呢？而我的手却平平无奇，毫不起眼。事实上，不仅仅是金刚岩氏如此显眼，"能乐"舞台上的演员，裸露出来的部分，不过手、脸、腕等细小的部位，但总能带给人最独特的感动和最深刻的印象，这也就是为什么即使金刚岩氏在扮演杨贵妃时戴上了假面，也还这样魅力十足的原因。许多演员都只是普通人而已，但当他们身着"能乐"表演服装的时候，手也有着不为人察觉的美。

我之所以如此强调，是因为我认为这一切都不只是美少年或演员才具备的。就好像平日里，通常情况下我们不会注意到普通男子的唇，但在观看"能乐"表演的时候，却能被演员暗红色的唇吸引。或许是因为他们常常开口歌唱，嘴唇总是湿润的，因而比涂抹着口红的女人更具有肉感的吸引力。可我又觉得这也许只是其中的一个原因而已，还有一种可能是年少的演员原本就面容姣好。根据我的观察，那些天生皮肤就白皙的少年在身着绿色服装时，最能凸显肤色的白皙；而肤色天生偏黑的，最好身着暗红的衣服。这样做的缘由是，对于白净少年而言，红唇和白皙的肤色对比太过强烈，配上"能乐"昏暗平实的衣裳，戏剧效果过于猛烈。而对于黝黑的少年来说，红唇与肤色的对比稍弱，自然和衣裳也能相衬。我想，世上所有协调的色彩所产生出的美妙，最好也不过如此了——黄种人的皮肤，在古典的茶色和淡雅的绿色相互映衬之下，凸显出极致的典雅。若"能乐"的舞台如歌舞伎一般改换成现代的照明设备，那这样的美丽就不复再现了。

　　所以，舞台也还是要遵循昏暗的规则：明亮的地板、闪着黑色光芒的廊柱和板壁，以及从房梁延伸至房檐的暗色调。这才是"能乐"表演所需要的舞台环境，有着独特韵味。虽说近几年来"能乐"能够到会馆等地去演出是件好事，但从另一个角度来看，在那样的舞台和灯光下，它独特的魅力也就黯淡了不少。

　　无论是"能乐"舞台上的幽暗之美，还是如今舞台上特立独行的阴翳之美，在古时候这一切都无法脱离现实生活。那时建筑的特点与"能乐"舞台上的幽暗是一样的，而"能乐"的衣裳只是比那时候的达官贵人所穿的略微夸张了些，但色调几乎没有改变。我不禁想到，相比于如今的我们，古代身着华服的武士是多么的器宇轩昂！"能乐"展现了最美的男性形象——古时征战沙场的将士，那黝黑的脸庞饱经风霜和战火的洗礼，他们那身着闪耀的武士礼服和古时衣裙的模样，真是威风凛凛。"能乐"表演的确是古时人们生活场景的重现，不仅具有观赏性，还能引发人们怀古之情，这或许就是喜爱"能乐"表演的人沉醉其中、冥想感悟的原因吧。

反观歌舞伎，则脱离现实，带给人以虚假之感。比如，古时妇女的样貌不可能如当代歌舞伎舞台上的这般模样。"能乐"表演虽用假面遮住了演员的面容，但却不会让人产生虚幻的感觉，这其实与舞台的光照也有关系。歌舞伎演员若是在从前那样的舞台上表演，或许会更贴近现实，但是过于明亮的灯光，使得一些弊端不仅无法被隐藏，反而会更加明显。因此，即使是古时歌舞伎的名家，在如今这样的舞台上表演，大概也不会让人觉得真实、舒适。我想，正是因为过度使用光照，歌舞伎才会失去原本的魅力。听说自明治时期开始，人形净琉璃[1]就鲜少使用煤油灯，因而不如从前那样有韵味，但人形净琉璃所表现出来的真实性，在我看来还是略胜歌舞伎一筹。当然，木偶戏若使用煤油灯，还可以在一定程度上隐藏它的拉线，从而更凸显那浓妆淡抹的美丽。而这舞台上的一切美丽之景都是我自己的空想，现实又是怎样地让人心灰意冷啊！

我想，木偶戏是所有戏剧种类当中，最接近现实的。在

---

[1] 人形净琉璃是日本特有的木偶剧，由三味线伴奏，太夫担任故事叙述者，木偶师操控人偶，三者配合演出，被称为三业一体的综合艺术。——译者注

木偶戏当中，演员唯有脸部和手指暴露在外，身体和双脚都被长长的衣裙所遮挡，而旧时的女性也是如此，仅有面部、手指裸露在外。中流阶层的女性只能养在深闺之中，与"暗"相伴，即使偶尔外出也一定坐在轿中，将自己完全遮挡住。服装就更不必说了，一定是男子的更为华贵。而商贾之家的女性，则十分保守。事实上，服饰也只是她们和"暗"之间的另一种联系而已。就像一些化妆法的流行一样，或许只是想让她们裸露在外的脸庞也变得暗淡吧。时至今日，只有在烟花之地才能看到这种旧时女性的美。

　　每次我回忆起幼时母亲做针线活的模样，就能大概想象出古时女性的模样。明治二十年，东京街上的店铺都是昏暗的，母亲和亲戚中年龄相仿的女性，几乎都是一口黑牙，而且身形瘦小。我只记得每次母亲外出时，总是身着灰色细花纹的服饰。除了她的面容和手指，她在我的记忆中都已经模糊不清了。似乎那时候的妇女就像没有身体一般，好像中宫寺的观音像，无论是胸部、腰部、背部还是臀部，都没有线条可言，就像一块直直的木板，瘦小而没有厚度。如今，只有在旧式家庭里年老的妇人之中才会看到这副模样吧。这样的身体让我想到了木偶戏中的主心棒。那时的妇女就像是由衣裳和棉花制作而成的木偶，脱去外在的衣裳，就只剩一根主心棒。

　　近代以来，赞颂女性身体之美的那些人恐怕无法理解古时的这种美丽——只要容貌清秀，就算身形如同魂灵般干瘦也无所谓。虽然有人曾说，那些藏匿于黑暗中的光，算不得是美丽的。但正如我前文所说，东方人就是在这黑暗之中发现了阴翳，创造了阴翳之美。在我们看来，"美正是物体之间的阴翳所带来的明暗对比和变化，而不是存在于某样物品之中。"就像只有把夜明珠放在黑暗之中它才能光芒四射一样，若是没有了阴翳的衬托，美就不复存在了。因此，我们的先祖认为，女性的美丽如同漆器上的泥金画，与阴翳是共存的，所以只有将她们置身于长裙之中，仅露出面部和手部，才能展现她们的美。虽然那干瘦的身形实在比不上西方的女性，但我们用阴翳将它遮蔽住了，若是有人想要窥视，就好似用现代明亮的电灯去照看室内的壁龛一样，驱走了原本的美丽。

东西方都经历过没有电、没有石油等资源的时代，那么为何唯独东方人热爱阴翳之美呢？我才疏学浅，不知西方人是否有追求阴翳的癖好，只是听说，西方幽灵的双足是透明的，而在日本，传统的妖精是无脚的。从这一点来看，日本人的冥想是发生在昏暗中，而西方人则时刻追求光亮。就拿一些日用品来说，我们喜欢锈迹斑斑的银器等器皿，他们则将这些器皿擦拭得熠熠生辉；我们爱室内幽深的壁龛，他们爱雪白的墙壁和充满光线的房屋；我们更喜欢郁郁葱葱的庭院，而他们则尤爱平平坦坦的草地。为何东西方人的爱好迥然不同呢？或许这一切都与东西方人的性格差异有关。

东方人对自己的生存环境极容易满足，不排斥昏暗的存在，反倒能够在昏暗中发现阴翳之美，并沉溺其中。西方人无法忍受昏暗，所以他们积极进取，从煤油灯、瓦斯灯到电灯等，一步一步地追求光明。或许，这也是东西方人性格迥异的原因。当然，也不排除和天生的肤色有关。东西方对"白"的认知也是不同的，就像我们所认为的白皙和白种人自身的白皙也是有差别的。我从前也与白种人有过交往，见过比日本人肤色还要黑的西方人，也见过比西方人还要白皙的日本人，可这样的情况是不同的，而这一切也只是基于我的过往经验而言。

我以前在横滨的山手住过一段时间，每天与当地的西方人来往，也常常出入他们的舞会等社交场合。从我个人的观察来说，若是从近处看，并不觉得西方人多么白皙，但若是从远处看，则与日本人有着明显的差别。有的日本妇女也会身穿与西方妇女相似的礼服，皮肤也比她们白皙，但这样的日本妇女站在她们中间，从远处看，很容易辨别出来。东方人天生就带有阴翳感，就算是涂上厚重的脂粉，也不能掩盖肤色最深处的暗淡，如同水底深处的污垢一般，就算表面再清澈，俯视时也总能发现。日本人的指缝、鼻翼等四周，就算涂抹上白粉也能映衬出阴翳感，而西方人就算脸上有些污渍，皮肤深层也都像水晶般透亮干净。所以，在拥有着这样肤色的一群人中，若有一个有色人种进入，便如同一张白纸上沾染了一滴墨色，让人顿生不适。这也就解释了为何之前

白种人无法从心理上接受有色人种了。所以在社交场合，白
种人一旦发现有色人种介入，便会焦虑不安。

　　过去，在最残酷的南北战争时期，白种人不但鄙夷、厌
恶黑人，对于那些只有二分之一、八分之一甚至三十二分之
一黑人血统的混血儿，以及他们的妻子儿女，都不肯放过。
就算看上去是一个白种人，但只要祖先中有黑人或混血儿，
只要流淌着黑人的血液，就难逃他们的法眼。由此可以想象
得到，我们黄种人和阴翳之间的关系究竟有多密切了。没有
人喜欢朴实无华的样貌，因而在生活中，人们常常使用带有
昏暗色彩的物品，让自己置身于昏暗之中。当然，这仅仅是
因为我们的祖先已经习惯昏暗，并且对其产生偏爱，毕竟他
们无从知晓白种人这样的概念，也从来不知道自己的皮肤带
有阴翳。

　　若体现女性美的必要条件是皮肤白皙，那我们的祖先只
有这样做——用长裙将光明分割，让妇女进入阴翳之地。只
有这样，才能让她们永葆白皙和美丽。我们的发色是灰暗的，
不像白种人的那样亮丽。这是自然规律教给我们的，古人无
意识地遵循着这样的自然规律，认为黄色皮肤就是白皙。古
时的妇女用铁浆染黑牙齿或剃掉眉毛，这些都是为了让面容
显得更白皙的方法。而我认为那灿若星光的青色口红，最能
让人感到淡淡烛光的意境之美，只是如今几乎连艺伎都不再
使用这种口红了。古时的妇女，将嘴唇涂抹成青黑色，又将

牙齿染黑，使面部没有一丝血色。每当我想起这些时，就仿佛看见一个稚嫩的少女，伫立在墓地的灯光下微笑着，顿觉世上没有比这更苍白的面孔了。至少，在我心目中，她们比白种人更白皙。因为白种人的肤色呈现出一种晶莹剔透却极其不真实的白色，仿佛只有在特定的明暗对比下才能显示出来。同时，我想再叙述一下我个人对于"暗"的一些看法。很多年前，我随游客到京都的烟花之地游览的时候，在一间名为"松间"的大宅院中看到了一种幽暗，这种幽暗之美令我久久难忘。

我走进那烛火摇曳的房间，看到屏风前的烛台后方，正坐着一位铁浆染牙、剃掉眉毛的上了年纪的女接待。一架约两铺席大的屏风将明亮的房间分隔开。屏风后，那从天花板上落下的一处昏暗，巨大而浓烈，微弱的烛光好似无法刺破这黑暗，又被墙壁反射了回来。不同于夜晚的街道，这种烛光摇曳中的昏暗色彩，就像沾染上彩色光芒的小颗粒，以至于我必须不停地眨眼避免它飞进我的眼睛里。如今的房屋多是八铺席或十铺席的小居室，烛光足以照亮整个房间，这样狭小的空间，幽暗无所遁形。从前的烟花之地或者官宦子弟的屋苑面积很大，居室甚至可以达到几十铺席。蜡烛的光芒在这样大的空间中自然显得很微弱，但是这微弱的烛光中却充满了朦胧的幽暗美。

从前尊贵的妇女都住在这样的房间，已经习惯并逐渐沉溺于这样的昏暗之中。这些过往的经历，我都写进了《倚松庵随笔》中。如今的人们已经逐渐对电灯等照明设备产生了依赖，因而对于居室内自然形成的昏暗避之不及，总觉得这些细微的昏暗中有魑魅魍魉，比屋外夜色中的黑暗更可怖。而那些常年居住于被屏风、隔扇等隔开的昏暗之所的妇女，袖口、衣领等有缝隙的地方都被昏暗填补，就像是妖魔鬼怪的亲戚一般。或许这昏暗正是从她们的黑牙和黑发中衍生出来的也说不定。

　　大约五年前，当时霓虹灯还未在日本流行。从巴黎回国的武林无想庵[1]曾提到，巴黎的香榭丽舍大道上，还有人家在使用煤油灯，而在日本，只有极为偏远的山区才会有煤油灯的存在，而且东京和大阪的夜晚比欧洲的都市还要明亮。若是武林无想庵如今回国，怕是会更加诧异吧。仔细想来，或许美国和日本是全世界使用电灯最多的国家。

　　后来，改造社[2]的山本社长告知我一段往事。有一次，他陪爱因斯坦博士游览京都和大阪，乘车途经石山时，博士看着窗外的景色不禁感叹道："哎，真是浪费！"山本社长解释说，因为爱因斯坦博士是犹太人，很是精打细算，所以看见白天还开着的电灯发出感叹。事实上，日本的确太浪费

---

[1]　武林无想庵（1880—1962），日本小说家、翻译家。——译者注

[2]　日本文学出版社，1919 年开始发行《改造》月刊，直至 1955 年停刊。——译者注

电力资源了。

　　说到石山，我还想起一段往事，原本今年秋天我打算去石山寺赏月，却在中秋来临前读到了一则新闻：石山寺要在树林中安装扩音器，用来播放《月光奏鸣曲》。看到这个消息，我立刻取消了这次观赏计划。既然有了扩音器，那电灯和装饰灯具设备应该不少，这实在让人有些厌恶。这又让我想起去年中秋去须磨寺泛舟赏月时遇见的事情。当时，我们一行人带着食物来到了湖边，只看见满是灯具装饰的场景，月光反而被掩盖住了。我思来想去，还是觉得我们对电灯的使用太过频繁，而且我们还没有认识到这个问题。比如，饭店、宾馆、候车室等场所，若是为游人提供便利而打开电灯也无可厚非，但夏日夜幕未降临之前也一直打开，委实过于浪费。

　　夏日的室外比室内更清凉，这是电灯太多，电力太强导致的，只要关闭一部分电灯，瞬间就会感觉凉爽起来。然而令人诧异的是，无论是主人还是客人，都察觉不到这个问题。室内灯光应遵循冬亮夏暗的原则，如此一来，不仅可以保持凉爽，蚊虫也不会飞进来。可是总有人宁可安装风扇也不愿减少电灯的使用。思及于此，我都感到有些厌烦。毕竟从前的日式居所，都具有散热的功能，因此就算是酷暑时节，也还可以忍耐，可如今的西式宾馆等场所，无论是墙壁还是天花板都在吸热，这实在令人无法忍受。

　　夏夜去过京都宾馆大厅的人，也许与我有同样的感觉。

到朝北的高台上眺望森林、宝塔、东山一带，那沟壑绵延的景色实在是沁人心脾。可是，在这山清水秀的美景中，唯有一事让人惋惜——随处可见的白色电灯泡闪着刺眼的光芒。西式的低矮天花板白晃晃地压在头顶，屋檐下还有数个灯泡环绕，整个人仿佛被无数个火球从头到脚地炙烤着。这些设计都是为了去除阴翳，让那些墙壁、柱子、地板，都呈现出本来的面貌或更明亮的色彩，让人在觉得刺眼的同时还增加了热度。漫步在这里，清风注定会变成滚滚热浪。因为我常去那家宾馆，所以就对老板直言相告。事实上，夏夜凉爽之所是最适合远眺山川景色的，可电灯的过度使用打破了这样的意境，真是遗憾。不要说日本人，就算是爱亮光的西方人，大概也有些厌倦了。

　　其实还有许多旅馆被这样的问题困扰，我只是举这个例子来说明当下的情况而已。在日本，大概只有帝国饭店的灯光是合乎情理的，如果夏季能将灯光调整得再暗一些就更好了。总而言之，在室内，若是需要阅读、写作，或者做一些穿针引线的活儿，灯光亮些也未尝不可。可若是为了去除阴翳，那么纯粹就是浪费电力，同时还不符合日本的建筑美学。说到节约用电，其实私人住宅比旅馆更容易做到，毕竟旅馆老板在走廊、庭院等各个地方都安装了电灯。不过，这样一来，院内的景色就一目了然，毫无幽暗静谧之感。冬日里若是寒冷我们尚可取暖，但到了夏日我们又该如何消夏呢？只要是住旅馆，恐怕都会遇到和饭店同样的问题。相比之下，打开家中四面墙壁上的窗户，装上蚊帐或许更适合乘凉。这些只是我的经验之谈而已。

最近，在杂志上看到这样一则消息，英国的一位老妇人抱怨当今社会人心不古，从前自己十分尊敬、爱戴老年人，可现在的年轻人不仅没有照顾老人，还避之不及。听说，几乎每个国家的老人都会有这样的感叹。人在长大变老的同时，也更容易追忆往昔。三百年前的人觉得四百年前的时代更好，两百年前的人又觉得三百年前的时代更好，似乎所有年代的人，都对当下的社会不甚满意。尤其是近年来科学文明的快速进步，自维新以来社会的发展已相当于从前三五百年的发展了。

我这番念叨，倒像个暮年之人，真是有些可笑。只是，如今飞速发展的现代文明设备的确是忽略了老人的需求。举个极端的例子，若是没有交通指示灯，允许横穿马路，那么老人在过马路时一定会心惊胆战。像我这般年纪的人，偶尔去大阪，过马路的时候都会觉得十分紧张。当然，那些开车出行的人不会有这样的烦恼。安装在十字路口正面的交通指示灯，自然可以看清楚，可两旁的彩灯总是忽闪忽闪的，不仅看不清楚，在一些较大的十字路口还容易看错信号灯。京都也许已经没有交通警察站岗了，即使现在还能看到，也应该很快会退出历史舞台。

　　我常常想，今时今日的人们如果想要品味纯粹的日本风情，大概只有到福山、歌山和西宫等地去了。饮食方面也一样，现代都市中也许很难找到适合老人口味的食物了。几天前，有位记者让我推荐美食，我便说起了吉野山偏远地区的农人制作的柿叶醋鱼饭团。农人是这样做的：第一步，煮一升米，待到饭锅喷气的时候以一合酒[1]调和，等到饭冷却，用干燥的双手蘸一些盐，捏紧饭团；第二步，将腌制过的鲑鱼切成薄片放在饭团上，再用柿叶包裹起来，鲑鱼、柿叶都要用布拭干水分，之后再把饭团密实地放入擦干的饭桶中，慢慢压紧；最后一步，在桶盖上压上大石头，腌渍一个晚上，次日清晨就可以食用了。如果再洒上蓼叶醋，味道就更加可口了。

　　我还曾特意向朋友请教制作这种饭团的方法。其中，最重要的两点就是饭团要完全冷却、水分要用布擦干，如此一来只要有了柿叶和腌制的鲑鱼，随时随地都能做。我也曾在家尝试做过，的确美味可口。虽然东京也有口味独特的饭团，但今夏我们均以吉野的饭团为食，觉得这样的饭团才更合口味。换个角度想，或许山村人家对美食的敏感度比都市中的人更高。这也是老人逐渐从城市迁往山村的原因吧。但是如今的山村也开始安装各种电灯，慢慢变得和城市一样，因而那些老人也无法悠然自得地在乡下生活了。

---

[1]　"合"是日本的容积单位，通常用于度量酒和米。一合酒大约等于180毫升。——译者注

　　在科技文明飞速发展的同时，各类交通工具也愈加发达。尽管如今也有人提出当交通工具从地上转移到地下，道路就会像从前那样安静。可我明白，以后还是会有其他不适合老人的装置被设计出来，最终老年人的结局还是一样——闭门不出躲在家中，煮饭，听广播，百无聊赖地打发时间。不仅老年人在进行申诉，最近，关于市政府的官员砍伐森林建造高尔夫球场一事，《朝日新闻》上就有人嗤之以鼻。我读后也深感此事太不合乎情理，若按这样的方式建造城市，那山林中的树荫迟早会消失殆尽，京都、奈良等地所有供人游玩观赏的风景名胜不都成荒山了吗？这真是愚蠢至极。

　　社会发展到今天这一步实属不易，我也为此感到欣慰，但日本既然已经在仿照西方的模式前进，不顾虑老人的感受，那我所说的所有问题都是枉费口舌而已。我们需要明白的是，肤色永不会变，这一切的牺牲都要由我们自己来承担。我之所以要写下这些文字，是想表达我的观点，同时希望能唤回逐渐消失的阴翳世界，不管怎么说，能在文学领域中做些补救也是好的！把文学这座宫殿的屋檐加深加宽，拿走多余的装饰品，哪怕让其中一间房屋能够保留有阴翳之美也是好的。先把电灯关掉，试试看！

褴褛之光

一

我即将为大家奉上的这个故事，我为它取名叫"褴褛之光"。没错，这四个字看上去不太美妙，不过只有它是恰到好处的。至于它的意义，可以参考伟大诗人波德莱尔[1]笔下赞美女乞丐的诗篇，换句话说，我要讲的故事与那首诗所暗含的美有关。

如果各位恰好住在浅草公园一带，那么应该能明白我的意思。去年的春末至初夏时节，每当夜幕降临时，就会有一个十六七岁的女乞丐在观音堂后的喷水池附近游荡。她穿着破旧不堪的蓝色夹袄，夹袄上的污渍清晰可见，右前额布满小疙瘩，黝黑的脸庞上鼻梁塌陷，乍看上去，让人不禁联想到麻风病患者。再仔细一瞧，竟然发现那脏污的衣服下还隐

---

[1]　波德莱尔（1821—1867），法国著名现代派诗人，代表作《恶之花》是象征派诗歌的先声。——译者注

藏着鼓鼓的肚子，看上去有五六个月身孕了。

　　每一个途经此地的人都会忍不住对这个看起来有些不堪的女子议论一番："到底是被什么人伤害了，怎么会留下这颗种子呢？真是个不幸之人。"这个女乞丐给人留下了深刻的印象。其实，只要人们有足够的细心和耐心，就能发现那隆起的腹部并不是她身上唯一的特征，在她的脸上和身上，似乎隐藏着某种无法言说的美。

　　她的美，有别于普通女孩身上的纯真之美，也不同于艺伎身上招摇的美，更不用说千金小姐身上的浮华之美，自然也不是异国他乡的奇异之美。如果非要用我们都能理解的词汇来形容的话，应该说那是一种恶魔之美。换言之，从她身上，从那所有乞丐共有的丑陋背后，从那所有少女共有的娇媚背后，可以发现某种丰厚润泽的光芒。娇美和艳丽不断争斗着，继而又慢慢融合，最后混为一体，经过一番发酵，最终迸发出某种无以言表的华彩与瑰丽。

　　五月末的一个晚上，我初次见到她，那时已接近晚上十一点。我刚刚看完一场电影，穿过公园，出了仁王门，打算去仲店街，只见石阶前围满了人。

　　"你看，那边有个女乞丐。""是呀，好像还怀有身孕呢！"拥挤的人群中不时有这样的窃窃私语传入我的耳中。我透过人墙的缝隙窥探，只见人群中央有个警察，正在盘问这名女子，"多少岁？"那女子结结巴巴地答道，"十七岁。"其他的问题没有听清，我猜测大概是问她夜晚住在哪里、何时开始在公园徘徊之类的问题吧，而她始终没有抬起头来，声音微弱，透着胆怯。

夜色渐深，警察高举着提灯将她从头到脚照了一遍。暮色在周围弥漫着，但灯光却让她的周围明亮了起来，她的轮廓在光晕中依稀可辨。此情此景，让我想起，曾几何时，在镰仓长谷寺中，当僧人点燃烛光后看到本尊观世音的情景。她有一双大大的眼睛，而且晶莹湿润。虽然脸上的肤色略微有些暗沉，但从那破旧不堪的衣服中露出的手臂却一点也不细弱，呈现出鲜嫩的粉红色。

"孩子的父亲是谁？他是什么人？"警察的问题让围在四周的人发出低声的窃笑。

或许是因为人群的窃笑，又或许是因为警察不够体贴的问询，女子神情变得复杂，带着几分羞愧，又夹杂着一丝愤怒。看起来她不愿作答，紧闭着双唇一言不发。

这个公园里种着一片樱花树，穿过樱花树林就能到达观音堂一侧的那个广场。六月初，一个炎炎烈日的下午，我就在这条道旁的长椅上，又一次见到了这名女子，那时她正双手捧着笋皮包裹着的残羹冷炙急切地吞咽着。

若不是因为那隆起的腹部，我大概不会相信她就是我上次在仁王门附近看到的女乞丐。那一天，她带着与众不同的美丽闯入了我的视野，面容暗沉未减半分，衣衫依旧破损。

不同的是，这次我看到她额头上长满了小疙瘩，身材显得更加矮小，而且已经完全走样了，手脚的皮肤很是粗糙，好似大象的皮肤。可是这些缺点与丑陋在她身上都被转化为一种特殊的美，好似那晚我第一次见到她一般，她浑身上下散发出艳丽的气息。她那塌陷的鼻梁两侧，虽然满是污垢，却掩盖不住那属于花季少女的粉嫩肌肤，充满了生机与活力；那从破旧衣衫中露出的胳膊，在阳光的照耀下，丰厚的肌肉闪烁着光泽；还有那一头乌黑亮丽的秀发，很自然地扎起来，落在眉宇间轻柔的发丝，右前额密密麻麻的小疙瘩也没有减少她的美丽。

她那破旧的青色衣衫如海藻般凌乱地垂下来，这丝毫没有影响到那少女的肌肤所带来的娇艳。我不禁感叹，在这六月的躁动中，在那因湿热而腐朽的事物里，还残留着尚算新鲜的活力与生机。好似化为人形的龙神，从褴褛的缝隙中释放出了绚丽的鳞光。

当然，她无意夸赞自己，因为她不知晓自己有着那样独特的美丽。她只顾贪婪地吞咽手中的残羹冷炙，偶尔像找虱子那般用手将混入饭团中的菜叶挑出，全然不在意我在旁边观察着她的一举一动，更不会因此露出一丝羞涩。而我对她那隆起的腹部全然不在意，只觉得她偶尔张嘴时露出的那整齐洁白的牙齿十分好看，这令我自己都感到很惊讶。

此后，我在观音堂一带还遇见过她两三次。她的肚子越来越大了。在此之前，公园里已经有许多和她相关的流言蜚语，那些餐厅的服务员都在猜测她什么时候生产。关于孩子的父亲，公园里则流传着两种说法。有人说，这女子自己都不知道孩子的父亲是谁，因为她与许多男人发生过关系，是个淫秽之人；还有人说，她被合羽桥附近的一个独眼男乞丐欺辱了，这就是那家伙犯下的罪孽。因此，在她突然消失后，人们猜测她可能是被独眼男乞丐抛弃后自杀了，当然也有人说她被别人送到了养育院。随着她的消失，人们逐渐将她遗忘了，关于她的那些议论也都消失了。

后来，她再也没有在公园里出现过。她是死是活？身在何处？我一无所知。但机缘巧合下，我得知了那个孩子的父亲是谁。我想，这世上只有三个人知晓此事，那个男人，女乞丐，还有我。这只是一个未闻其名的女乞丐的秘密。我从来没有因为得知了真相而自鸣得意。但是，透过这个秘密，我发现了让我感兴趣并令我感动的故事。究其原因，那个男人与我算是朋友。

他是一名青年画家，我一直都很敬佩他的才学，认为他是个天才。他与女乞丐的故事恰是出自他本人之口。我们就叫他 A 君吧。

二

我刚才说 A 君是画家，是个才学过人的家伙，还称其为

天才。但我这么称呼他，与他的画艺无关，而是因为在平日
与他的交往中，被他的人格魅力所折服。虽然他曾在美术学
校习得不多的油画技巧，但如今已经退学，而且在校时就时
常逃课，出勤率低到同班同学都不一定会记得班上还有这样
一号人物。虽说他的部分画作在一些文艺展览上得到过展示，
但他从未获得过更大的荣誉，也还没有一件作品被世人注意
到。因此，若是以画作来评判，根本不会有人会将他称作
画家。

听到我这样描述，读者诸君一定以为我与他来往甚久，
然而事实上，我们不过是最近两三年才逐渐熟络起来的。我
第一次见他，是在某年冬天举办的一场聚会上。那时，我的
一位文学士故友即将远赴法国留学，临行前在帝国饭店举办
了一场饯行宴会。我应邀前往，坐在餐桌一角。那天出现的
人中，除了有名的作家或者画家，还有一些比我早毕业的学长。
只有一个人我不认识。因此，我一眼便注意到那个在人群中
悠闲自得的人。

"您是问那位吗？他的名字叫 A 君，在美术学校上学。
虽然年纪不大，但很有才华，是一个拥有极高艺术天赋的年
轻人。要不了多久，他便会声名鹊起。我介绍你们认识吧！
但是，他为人有些古怪，很难相处。如果投缘，他会说个没完。
要是不对他的脾气，他就会摆出一副高傲的姿态。你和他打
交道，得有这样的心理准备。"我的那位朋友说罢，便介绍

我与他认识。

　　文学士还告诉我，Ａ君的家乡是冈山县，父亲是一位有钱有势的地主，他是家中的次子。所以，虽然他还是个学生，但生活相当奢华。文学士恭敬地称那个男子为Ａ君，原因不只是敬佩他的才华横溢，更是敬佩他的进取之心。文学士这次出国留学有赖于Ａ君父亲提供的一部分资金，而这位只有二十二岁的青年，之所以会收到宴会邀请函，大概也是这个原因。

　　我清楚地记得，晚宴上Ａ君身穿华丽的晚礼服，搭配绣着绿色花纹的白绸领带，脚下踩着一双漆皮鞋，再加上挺直的鼻梁，一副十足的富家公子模样。然而他阴郁的表情却给人一种老练的感觉，与他潇洒、文雅的打扮略微有些出入。用过餐之后，众人都去了吸烟室，Ａ君围着火炉与我有一搭没一搭地聊着，言谈间透出一丝腼腆。我不由得对Ａ君产生好感，邀请他以后常来坐坐，还说了一些有失身份的恭维话。有聚就有散，我和Ａ君一起走到玄关，这才发现他比我高两三寸，身材相当高大。

　　再次见到他是三四个月之后的事了，那已经是次年春天樱花盛开的时节。一天入夜之后，我在吉原观赏夜樱，忽然看到河内楼门前有个学生正在写生。他头戴茶色礼帽，帽檐压低到眉毛处，身穿旧布衫和竖条纹布裙裤，木屐里的双脚脏兮兮的。他专心致志地用铅笔描绘着正在揽客的妓女，为了不引起过往路人的注目，他双手缩在怀中，将速写本紧贴在胸口上，见缝插针般匆忙勾画着。如果有人停下来在背后观摩，他就把本子往怀里一揣，然后从袖子里拿出"金蝙蝠"牌的香烟，点燃吸上几口。

　　我好奇这名写生的青年到底是在画哪位女子，毕竟那里有四五位浓妆艳抹的妓女在揽客。毋庸置疑，他们都不属于美艳动人那一类，个个姿色平庸。右数第三位吸引了我的注意，她穿着"友禅绸"[1]礼服，坐在那儿瑟瑟发抖，看起来不过二十五六岁，苍白的脸孔、突出的颊骨，仿佛是丹特·加布里埃尔·罗塞蒂[2]笔下的那些女子。就外貌而言，她大概是其中最丑陋的。丝毫不会让男人产生妄想：一点儿也不娇媚，面色寡淡，眼神阴郁；细长的脖子又干又瘦，令人不忍直视；一头红发胡乱打着卷儿——像极了患有严重肺病的女人。不过吸引我的是她那双凝视着格子门外的大眼睛，还有她那玲珑小巧、红得像火焰一般的嘴唇。那双眼睛仿佛来自海外的玻璃球，冰凉清澈，不浓烈也不欢喜，而是透着这个行当里那些卑贱女子所不具备的至高无上之感和天使之光。她的唇柔和光润，樱桃小嘴如婴儿一般可爱，拥有纯洁的、

---

[1]　"友禅绸"是日本一种特殊工艺染物，通常染上鱼鸟或花卉，样式华丽。——译者注

[2]　丹特·加布里埃尔·罗塞蒂(1828—1882)，英国拉斐尔前派的现实主义画家。——译者注

稚嫩的线条。换言之，在我看来，面貌的丑陋是在淡化鼻子、额头、眉毛与面颊等部位的存在，突出了女子的眼眸与嘴唇，让它们的美永恒停留在那一刻。那张脸总体说来并不美，但眼睛有眼睛的美，嘴唇有嘴唇的美，这是一种微妙的美好模样。我之所以要用"永恒"一词，是因为再无其他词汇可以用来形容她的眼睛和嘴唇。在格子门前，那双眼睛虽然凝视着前方的地面，又似乎在回望前世的点点滴滴。这双眼睛应该用来遥望天际，期待"永恒"。

那小巧润泽的唇尽管是清丽的，却毫不贪恋男子充满欲望的热吻，而是闪烁着看透人间苦难与悔恨的漠然，以及"永恒"的沉寂与肃穆。我想，这样的女子应该就是那名学生写生的对象吧。带着好奇心，我悄悄走到学生一侧。

大概是听到了我的脚步声，他慌忙收起了本子。我察觉到他似乎已经落笔完成了画作。他站起身来，同时回头望着我。

当我第一眼看到他的面容时，就有一种似曾相识的感觉，在他开口之前率先诧异地发出了"哎呀"一声。虽然一时没认出来，但这种事情并不罕见。他那身邋遢的打扮确实与宴会上的富家公子形象大相径庭。

"你画的是右数第三个女人吧？"我一回过神来就问出了这个问题。

"是啊，就是第三个。大概是在十天之前，我路过这里时看到她，立刻就被那张脸上所散发的超脱于肉体之外的灵魂之美深深吸引住了。不过，我并不想用金钱去玷污这样的美丽，因此选择每天晚上来到格子门前观察，用铅笔描绘这不可名状的洋溢着贵族气息的面容。"他一边走一边向我叙述了事情的缘由。

我们朝着五十轩方向走去，与上次见面的时候相比，他的神情显得自在许多，言语间充满了活力。我们来到日本堤，走进一间酒吧，边喝边聊，就这样过了两三个钟头。他不善饮酒，只喝了两三杯就已经开始脸红了，于是越发慷慨激昂起来。

他给我看了那本画册，里面有五六幅大小不一的素描，全与那位女子有关。我看着那些或横着或竖着的写生，发现他不过寥寥几笔就能将女子的特点抓住，将她刻画得十分生动形象。那是我从来没有见过的充满生命力和深刻意义的画作，我不禁在内心啧啧称奇。

"我也觉得这些画很不错。对于描绘这类作品，我确实比较拿手。说起来可能会让人觉得我在炫耀，只需要两三分钟的工夫，我就能用手上的这支铅笔勾勒出一幅画来，而且传达出来的情感与涵义毫不逊于那些名家花费一两个月完成的杰作。但可惜的是，我只懂得速写，缺少绘制杰作的专业技巧和勇气。简单地说，我只是个有天赋的跛子画家。"他激动地说道。

在他看来，从古至今，天赋与技能对一个一流的画家来说缺一不可。自然界中那些历经岁月磨难与时代更迭的永恒之美，只有天赋异禀的人才能察觉得出，并凭借高超的技法把所见所感变为某种复杂的具象。这世上，二流画家还是占了大多数，他们有技巧却缺乏天赋，换句话说，从他们的画作中只能看到单纯的技法。他很遗憾自己空有天赋却没有技巧。那些天才画家所能达到的境界，他的灵魂和思想也能达到，他也一样能感受到同样的欢喜，只是他无法用高超的绘画技巧将它们表现出来。

我宽慰他说："不一定吧，你未必不能获得那样的能力啊！天才与生俱来的天赋是普通人一辈子都不可能通过后天习得的，然而技法这类能力却是能够通过后天训练来培养的。如果能沉下心来学习，慢慢地总能掌握。"

听了我的话，他的话语中多了些自嘲的意味："你说得一点儿都没错。就我个人而言，缺乏那样的能力，关键就是因为没有什么耐心。关于这一点，我早就心知肚明了。其实不仅是这样，实际上，我从来就没有真正用心地学习钻研过。假如我是个没有天赋，但有能力的人还好说，生活倒也不至于太过困苦。可是，我出身富贵，不需要考虑生活上的事情，所以才会过于依赖自己的天赋，认为能力并不重要。我那时候很懒散，等到悔悟时却为时已晚，就连亡羊补牢的机会都没有。"

A君接着与我说起了从去年冬日到现在，他在那不足半年的时间里都经历了些什么。我们第一次见面时，他很是厌学，每天只顾享乐。他把家里给的大笔生活费都花在了看戏、狎妓之类的事情上，可以说是穷奢极欲。有时候，他会带着女人，与朋友一道开车到箱根旅行，或者在外国人聚居区租个洋房玩乐。在新桥，他为某个有名的艺伎赎了身。这些挥霍无度的行为让他欠下了巨额的外债，父亲愤怒地要与 A 君断绝关系。在母亲的劝说下，A 君和赎身的艺伎在下谷根岸边租住的房屋内过起了同居生活，父亲每月寄去三十元作为生活费和学费，并叮嘱他好好上学，不可再玩乐度日。

　　"可是我懒惰散漫的性格已经无法更改了，想来当初要是遵守了承诺，我如今也不会如此狼狈。至于那个艺伎，我从始至终就没动过真心，只是一时心血来潮花了许多钱为她赎回了自由身，因此同居一阵后便厌倦了。妻子这样的存在，或许商人和政治家更需要，而对于画家而言，其实并没有什么价值，毕竟无论是多么玲珑的女子，智慧也只局限于现实与当下，永远无法理解像我这样双脚离地、一心扑向艺术的男人的想法。"他淡淡地说着。

　　不知是因为 A 君家中对金钱管控得太严，还是因为 A 君本人过于懒散，总之在同居两个月后，那名女子又回到了芳町，重新做回艺伎，大概也是绝望了吧！A 君对此毫不在乎。不过没过多久他就被学校劝退了，究其原因，不外乎是私生活太过放纵。

　　父亲特地从冈山县赶到东京，对校方做了很多工作，这才保住了他的学位。可是，A 君仍旧不知悔改，照例逃学不说，还拒不缴纳学费。今年二月，他被学校开除了。与此同时，家里也断了对他的资助。

　　"你这种人就算待在东京也不会有出息。要是生活拮据，不如回家。"尽管父亲的来信说得很清楚，但 A 君并不想回冈山县。他宁可将身边值钱的衣物、家具、用具等全都卖掉，继续待在东京放浪形骸。

　　听完他这段经历，我终于明白为何他变成了今天这副潦倒的模样。他本就偏黑的面容如今更加暗淡了，在高贵的气质中留下了一丝阴郁，面颊两侧还长满了明显的粉刺。或许是由于懒散惯了，又或许是因为过于清贫，他看起来肮脏不堪，衣领上覆着一层污垢，胡子也没打理。

　　"你如今住在哪里呢？"面对我的询问，他说了些模棱两可的话。我想，他大概是随便租了个小屋子栖身吧。我们走到了雷门，在告别之前，他对我说："过段时间，我定当登门拜访。"

三

　　单从上面的事情来看，A 君似乎并不是一个值得敬佩的人。然而，我后来还是对他生出了一丝敬意，那是源于他落魄之后的经历。在吉原再度见面后，A 君常常来找我促膝长谈，渐渐地，我们成了一对密友。除了我之外，他几乎不与其他人交流。他很看重我的为人，而这种看重仅仅是针对我一个人的。他还常说："天才之间的畅谈令人欢喜，可以让整个世界都为之兴奋，而不只是两个人之间的事情。正因有了这样的相谈甚欢，世界才得以永恒存在。倘若天才个个形同陌路，那地球便转不起来，世界也会陷入黑暗之中。"

他每次来我家，总是情绪不佳，而当话题慢慢打开之后，他又会变得兴致勃勃。凭借敏锐的洞察力与非凡的直觉，他一出口便是真知灼见。双眸充盈着神采，唇角牵动着热情。他拥有无拘无束的思辨能力，这让我们总能聊上好几个钟头。

"我每次来找你讨论问题都需要花上一些时间，让你找到与我攀谈的灵感，而在那之前，你总是心不在焉地回应我，让我觉得有些扫兴。"他的语气带着一丝责备，继而又急切地转换话题，沉醉其中。与我交谈，似乎成了他活下去的唯一理由。

我必须承认，他在侃侃而谈时显露出了卓越的一面，他滔滔不绝的讲述中隐藏着与生俱来的自信。他有天赋，也有志向。在他的口中，无论是美好、愚昧、悲哀还是任何一种情感，都能被渲染上艺术的色彩与耀眼的光芒，以至于我常常无法言语，只能呆呆地望着他。即使他如今落魄潦倒，却仍旧保持着富家子弟的气质，言语间毫无窘迫的气息。他仍然经常前往古董店，欣赏和把玩那些陶瓷、稀有器皿，即使他已经到了为每日的餐食所烦恼的地步。

　　虽然我比 A 君年长，但他将我视为知己，因此他有句口头禅："我若是用对待长辈的礼节去与你相处，就展现不了我真正的才华和价值。"

　　对于他的这种态度，我从未有过一丝不悦或不满。他越来越肆无忌惮，而我却越来越尊敬他。我与他谈论着各种各样的话题，但气氛却是轻松的，这让我体会到了什么才是灵魂相通。在我看来，先不论别的，单这件事就能证明他天赋异禀。

　　为了让大家了解 A 君这个人，我没有吝啬笔墨。不过这是必不可少的，只有这样我们才能真正懂得他与女乞丐之间到底是何种关系。当然，这并不意味着我对他们之间的关系充满了好奇。实际上，我好奇的是他们产生关系的过程，以及促成这种关系的 A 君的个性。

　　于 A 君而言，毕竟出生于富贵之家，因而只把困苦的日子当作一种体验，甚至是一种爱好。他仍然过着安于享乐、飘忽不定的生活。他的懒散毫无改观，宁可用睡眠来抵挡饥饿，也不愿做点什么来换取食物。房间暖不暖和，衣服漂不漂亮，他丝毫不关心。在他的内心世界，只有对艺术的追求和向往。

　　A 君第一次遇到女乞丐是在前年十二月十七日的那天晚上。那时候，他已经穷困潦倒，因为没钱租房子，只能每晚到浅草公园，或者到吉原附近寻觅，看看能不能找到容身之所。在羽毛键拍[1]集市的晚上，A君随着拥挤的人群来到了观音堂前，恰巧看到女乞丐在台阶上乞讨。

在路边小店煤油灯的照耀下，她的身影很是明亮。A君一眼便看到那张脸，不由得怔在原地，认真地观察起来。不知为何，那夜的女乞丐令A君着迷。在他的眼中，那冷漠的双瞳、长满疙瘩的前额，还有丰润的身体比贴在羽毛键拍上的人偶还要明艳许多。这些人偶排列在路旁，头发是黑缎制成、肌肤是人造丝绸质地，衣裙则是绉绸制成。原本应该耀眼的人偶，此刻却失去了光彩。

此时的A君身无分文，好在手里还捏着六个烤白薯，于是他走上前对她说："我本来想拿钱给你，可惜没有带钱出门。不如我们把这六个烤白薯分了吧，一人三个，刚好我也有些饿了。"女乞丐不知道眼前的这个男人算是半个乞丐，心想对方是不是在捉弄自己。然而，她是真的饿了，最终接受了A君的帮助，迫不及待地吃了起来。

第二天晚上A君又一次去了浅草公园。他在观音堂前没有看到女乞丐，便在公园里寻找，最后在喷水池前发现她正蹲在地上。

---

[1] 在日本，羽毛键拍有驱除霉运的寓意。日本人觉得羽毛的样子与吃害虫的蜻蜓十分相似，而日本人常常把坏男朋友比作害虫，因此他们有送羽毛键拍给女孩子的习俗，意味着希望她们远离坏男人。——译者注

"今晚我带了七个钱出来，一同去吃五香菜如何？"他带着女乞丐走到花园旁的食摊前。两人本想只吃一两串五香菜就好，可一看到那热气腾腾的锅子，一闻到那诱人的香味，便觉得饥饿难耐。接下来，他们忘乎所以地吃了五六串，大抵都是些油豆腐、鬼芋、烧豆腐之类的菜食，因为煮得太烂，都已经在竹签上散开了。结账的时候，摊主说要十五个钱。

"其实我没有那么多钱，因为太饿了，所以不知不觉吃多了些，实在抱歉，请您原谅！"说完，A君掏出七个钱付了账。摊主是个善良的人，什么也没说，就让他们走了。

自那以后，A君就和女乞丐在观音堂的地板上同居而眠。每天清晨，A君还未醒来，女乞丐便已拿着不知从何处讨来的剩饭回来了。两人依偎在一起吃着这残羹冷炙，很是甜蜜。A君不禁感到，和曾经那个艺伎妻子比起来，她着实更加亲和，更加动人。

女乞丐从未提起过自己的过去，也没说起过自己的故乡，A君只知道那时她十六岁，其他的便一概不知了。

"虽然你不清楚我来自哪里，但我大概能猜到你的身份，你不是真正的乞丐，而是来参拜的，并且是那种很少见到的不一般的人。"女乞丐如是说。没有缘由地，女乞丐坚信A君是个很有才华的人。

"我的处境不比乞丐好，我的才华只有天上的神才能看到，这世间的人都不会理解我的。"A君回应道。

　　"那么，也许只有观世音菩萨才能知道你有多么了不起。"听见女子的这句话，A 君情不自禁地流下泪来。

　　"这世上，除了你与菩萨，无人能看见我的不凡之处。当然，比起得到旁人的认可，这已经让我欣喜万分了，能在这种缘分之下相遇并相拥而眠真是再幸福不过了。"A 君像在宣传自己的思想信仰一般，讲述着人世间的虚假、乏味，诉说着艺术那永恒不灭的生命力，而自己的才华正是在于明白了艺术背后的力量。女乞丐也对 A 君这番话坚信不疑。

　　我知道这件事的时候，正是 A 君与女乞丐同居的那半年。六月以后女乞丐就踪迹全无，A 君也再未拜访过我。不知他们两个人是相伴流浪还是各奔东西了。

　　然而女乞丐腹中怀的确实是 A 君的孩子，这是 A 君亲口所说，也是我亲耳所闻。

刈芦

　　悔不当初与君别，刈芦度日苦思念，难波之浦居亦难。

　　那年九月的一天，正值秋日晴朗之时，大概是下午三点，我忽然生出了外出散步的念头。当时我住在冈本市，已经熟悉了周围的景致，所以想去一处没去过的地方游览，距离要不远不近，最好两三个小时便可返回。我与友人琢磨着，一时半刻却想不到有哪些被遗漏的地方。恰在此时，我脑中突然灵光一闪，想起了水无濑宫。那是个我很早就知道却一直没有机会去探访的地方。水无濑宫，其实就是旧时后鸟羽院[1]的离宫，据《增镜》[2]记载，"上皇修建白河殿、鸟语殿等，经常前去游玩，还在水无濑之地建立了秀丽的庭院，时常去踏青。春季赏樱花，秋季赏红叶，很是尽兴；在这座庭院内还可以眺望远处的水无濑川，充满了诗情画意。"元久时期赛歌会所留下的诗篇有云："极目山麓色迷濛，水无濑

---

[1]　后鸟羽院即后鸟羽天皇，在位十六年。——译者注

[2]　一部记载日本镰仓时代的编年体史书，是日本史学"四镜"之一。——译者注

川绕山中，黄昏美景岂止秋。”顶部覆草的走廊干净明亮，甚是华美。前山泉水飞流直下，底部岩石突立，交错的树枝上满是青苔，诸如此类的景致无不让人感叹历史的久远。庭院内的草木花卉皆是精心打理过的，在赛歌会上，纳言——来自那时地位还不高的藤原定家——谱写了这首和歌：“往昔悠悠未可知，我主今得峰上松。君之代如园内水，绕石长流越千载。”

初接触《增镜》时，我就有了这样的印象：后鸟羽上皇一有时间便去水无濑宫，沉醉于美妙的琴笛，春之樱花或秋之红叶。我最爱的和歌是：“极目山麓下，茵蕴水无濑川，黄昏起秋意。”明石浦的“渔人钓鱼船，划入雾海里”以及隐岐岛的“我正是新的守岛人”等。这类经典的和歌还有很多，可唯独“极目山麓下，茵蕴水无濑川，黄昏起秋意”这首和歌，能让我立刻想到水无濑川的秀丽景色，心头涌上眷恋的温暖感觉。我曾经因为不清楚关西的地理位置，所以一直以为水无濑宫是在京都郊区的某处，直到最近，才知道原来它在淀川岸边，离山崎驿只有十余丁，而且那里还有祭祀后鸟羽院的神社。此刻正好可以前往水无濑宫，乘坐火车很快就可以到达。并且正值中秋月圆之夜，返程时还能在淀川边赏月。我思索了一番，这样的旅行不适合妇女儿童共同前去，随即独自一人不告而往。

水无濑宫旧址在摄津国三岛郡，而山崎在山城国乙训郡。

因此从大阪去的话，要在新京阪的大山崎下车，然后往回走，穿越国境，才能到达离宫遗址。其实我也是第一次从西国海道往西一直走。我从前对山崎的了解，不过是偶然路过时在车站周围闲逛一下。前方的路分成两条，右边是从芥川经池田到伊丹的道路，有一块石头路标立在那里。

我想起《信长记》[1]中曾写道，荒木村重等战国时期的武将就活跃在伊丹、芥川、山崎这一带。穿过淀川岸边，前方可能有船只可以航行，而徒步在芦荻繁茂的湖泊和沼泽地中穿行是极不合适的。据说在电车的行进路线上可以看到旧时江口渡口的痕迹，而现在江口也被划归大阪市了，山崎也被划入了京都这个大都会。但是京都与大阪之间的大片土地，因气候等自然条件，无法快速发展成都市或住宅区，所以可能一段时间内，这里还会是怪石嶙峋、杂草丛生的模样吧。甚至《忠臣藏》[2]中也记载了这里曾经有过野猪和山匪的踪迹，那么古时这里可能就更加荒凉了。即使到了今天，这里还有许多茅草屋，与我平日见过的城镇相比，的确更具传统特色。《大镜》[3]中曾记载有一位北野天神，被流放时在此出家，他咏叹着和歌："你栖身的旅舍，树梢摇曳。"这里的驿路

[1]　小濑甫庵所著的日本史书。以朱子学的天理观和纲常伦理观为纲要来记载德川幕府的历史。——译者注

[2]　《忠臣藏》记载的是江户时代赤穗藩浅野氏家的四十七个家臣忠心护主的历史故事。——译者注

[3]　载日本藤原王朝的史书，为"四镜"之一。——译者注

确实很久远，我一面思索着山崎漫长的历史，一面看向幽暗屋檐下那充斥着旧时气息的房屋。

过了那座桥，后面便是水无濑川了，在前面的道路往左转，就能看到一所神社。那是官币中社，祭祀的是因承久之乱[1]而被流放的后鸟羽、土御门、顺德三皇。这里有许多的神社和佛阁，就建筑风格和内部景物而言，官币中社算不上有多突出。正如上文所说，《增镜》中的记载早已经深深刻在我脑海中，一到此处就联想到镰仓初期官员曾在这里举办宴会，便不由得对一木一石都深怀感情。

我坐在路旁抽完一支烟后，便开始在这座不大的神社内随意闲逛起来。尽管这里离海道十分近，却隐藏在开满秋花的篱笆和零零散散的民宅之后，是一处幽静隐蔽、精致紧凑的袋状地形。只是，后鸟羽院的宫殿恐怕不仅仅是这像口袋一般大小的神社，应该从这里延伸到水无濑川的海岸才对。从那之后，不管是在水边漫步还是在楼上伫立，放眼远望河面，总会有一种“水无濑川绕山中”的感觉。夏季后鸟羽院来到钓殿[2]，用凉水、泡饭宴请青年贵族。上皇曾说：“昔日紫式部可谓极矣。”

《源氏物语》中也曾提及：“于食客前即烹得自近处西

---

[1]　公元 1221 年，后鸟羽天皇与镰仓幕府之间发生的一场内战，此战确认了幕府的政治地位。——译者注

[2]　盛行于日本贵族，是一种庭园建筑，作为夏季纳凉、钓鱼、欣赏风景的场所。

川河之鲜鱼，如今已不可得。高栏边候命之秦某闻言，即于池边微波涌处淘白米献上，禀曰：'本拟拾鱼，惜已逃脱。'上皇叹曰：'此言不差。'乃脱衣赐之。饮酒数杯。"这么看来，那钓殿边的池塘大概过不了多久便会与河流连在一起了。淀川河就在此处的南面，距离神社仅有几百米。

我抬头，远眺山荫处的泉水还有伫立在神社北边的天王山峰顶。刚才沿着海道漫步，不知自己正站在最低谷，直到我瞭望四方时才有所察觉。亲眼得见此地的山河地貌，才惊觉从古至今的君王将山崎设置为关卡的原因。西面是以大阪为中心的摄河泉平原，东面是以京都为中心的山城平原，这两个平原因淀川相连，但它们的自然气候却迥然不同，据大阪人说，即使京都正在下雨，山崎以西却可能是晴天。冬日乘坐火车路过山崎时，气温骤降，也能感觉到彻骨的寒意。不过，这周围的花草树木，泥土颜色，还有村庄的建筑样式，依然还保留着京都乡村的气息。

从神社出来以后，我顺着海道内侧的小路返回水无濑川的河边，接着又来到河堤上。七百年过去了，这里的湖光山色应该早已变了模样，可是说来却很神奇，眼前的景象，竟和从前读达官贵人所写和歌时，在我脑海中闪现的场景别无二致。没有悬崖峭壁，也没有汹涌的波涛，只有平缓的山峦和安静的河流，一切都这么恬静平和，温柔而幽静。

当然对自然风光的感受是因人而异的，或许有人会对这样一个让人安静恬淡的地方嗤之以鼻，但我却十分偏爱这个平平无奇的地方，它总能让我心潮澎湃、思绪万千。这里没有波澜壮阔的景色，但总是用最温柔的模样待人，初时乍看并不觉得特别，伫立久了才发觉，它有着母亲般的慈祥和温柔。迟暮时分，远方河畔薄雾霭霭，人会不自觉地被吸引进去。

就像后鸟羽院所说的那样，"黄昏美景岂止秋"，若此刻是春天，一定会看到云山雾绕，樱花盛放的美景，这样的景象又将平添许多温和柔美之感。原来，从前的宫人远眺时，看到的都是这般美景。细细思索又豁然开朗，这平凡中瑰丽的景色，若不是从前的宫人有这样的雅致情怀，又怎么能够懂得欣赏呢？

天色渐晚，我站立在河堤上，视线逐渐转向下游。望向右岸时，我思考着这样的问题：上皇和王公贵族享受凉水泡饭的钓殿到底在何处呢？右岸的草木苍翠茂盛，通向神社的后方，因而我们暂且可以认为那里便是离宫的旧址。不仅如此，从这里还可以看见淀川主流，水无濑川就是在这里汇入淀川的，我瞬间明白了离宫的地理位置究竟有多么得天独厚。而上皇的宫殿，我想一定是南靠淀川，东临水无濑川，在两河交汇之处的数万坪地面上建造的大庭园。

如果真如我猜测的那般，那从伏见坐船就可以直达钓殿了，这也印证了《增镜》中所说的"动辄前往水无濑宫"的场景。这让我回忆起儿时曾看到的桥场、小松岛等隔田川西岸边那些临水而建的别墅，实在是幽静雅致。我们不妨打个比方，在这座宫殿中举办的宴会上，应该会有这样一些事情发生：上皇怀念着从前的菜肴，感叹道"昔日紫式部可谓极矣，那种菜式如今已不可得"，或者是身旁人阿谀奉承地说着"本拟拾鱼，惜已逃脱"。况且，这里无论朝暮，男山的翠峦映照在水面之上，河中来往船只穿梭不停，这一番美丽的景致比隅田川更有情趣，上皇怎会不流连于此呢？承久之乱后，上皇在隐岐岛生活了十九年之久。在那动荡不安的时刻，他是否会追忆往昔奢华的生活？在那些日子里，他最思念的应该是这里雅致的景色和在宫殿举办宴会时的欢乐吧。

　　心念及此，我开始凭空想象那时宴会的场景，定是丝竹不绝于耳，湖面波光粼粼，连那些王公贵族的说笑声似乎也开始在耳畔响起。当我察觉到傍晚将至时，已是下午六时，秋日的黄昏寒风凛冽，完全没有白日行走时轻微出汗的感觉。我忽然觉得有些饿了，想先找地方填饱肚子，便从河堤往镇子的方向走去。

　　我猜测镇上不会有合我心意的饭馆，因而只是随意找了家面馆，吞下两碗狐狸乌冬面，喝了二合酒，让身子暖和起来便作罢。店主知道我要去淀川赏月，告诉我市镇边就有渡船可以到对岸。我拎着一瓶滚烫的正宗酒，按照店主所说的方向，出门朝下河滩走去。

　　说起渡船，因为这河面太宽阔，而且河中央还有一片沙洲，必须要在沙洲处转乘渡船才能到达对岸。这里的渡船可以停泊在桥头的烟花巷，一直到夜晚十一时左右都有渡船往返。若是高兴的话，可以往返多次，静下心来欣赏月亮。夜晚的冷风吹拂着脸颊，到达渡口这段路程感觉比店家说的更远些。放眼一看，对面有一片沙洲，从下游能隐隐约约看到，从上游看则是一片模糊，仿佛置身于迷雾之中。这片沙洲是流入淀川主流的分支也说不定呢，毕竟这里是木津川、宇治川、加茂川、桂川等河流的交汇处，山城、近江、河内、伊贺、丹波五国之水也聚积于此。在旧时淀川沿岸的风景画卷中，可以看到从此处往上游走，有一个名叫"狐渡"的地方，那是个渡口，宽约百十间[1]，因此，河面应该比这边更宽阔。

而现在所说的沙洲，并不是位于河流中心，而是更靠近这边的堤岸。我在岸边的沙石上静静地坐着，等待船只的到来。不一会儿，有船从对岸的桥本町缓缓驶来，目的地正是沙洲。客人越过沙洲，走到船只停泊的岸边。仔细想了想，我很久都没有乘坐过渡船了。我脑海中仍然留有幼年时期竹屋、矢口还有山谷渡口的模样，相比那些渡口，这里多了一片沙洲，带给人更多清闲宁静的感觉。如今的京都和大阪之间还存在着如此古老的交通工具，真是出人意料又令人欣慰。

前文刻画的是淀川两岸风光绘卷中的桥本町，皓月当空，

---

[1]　日本古代的计量单位，1 间约等于 1.8 米。——译者注

月光映照着男山，正如景树[1]笔下的"明月朗照男山峰，淀川处处见扁舟"，还有其角[2]所写的俳谐"新月呵，何年初照古男山"。

我乘坐的船只到达沙洲的时候，男山的景色就像一幅画：明月高悬于山后，草木葱茏，还泛着丝绒般的微光，夜色深沉，唯留得天边一抹晚霞。"嘿，过来吧，船来了。"沙洲那边的船夫让我上船。"不着急，我还想走一走，吹吹风，一会儿再上船。"我淡然应道，随后就顺着挂满露水的草丛走向沙洲的尽头。

我在满是芦苇的水岸边蹲着，看着水面上的船，欣赏着岸边景色。月光从我的左侧照下来，而我正面对着下游，发觉河面上已经泛起了柔和的蓝色光芒，在月光的照耀下，河面看起来比黄昏时更加宽广。此情此景让我不由得想起了杜甫笔下的洞庭湖、《琵琶行》中描写的画面以及《赤壁赋》中的片段。那些都是我久未想起的汉文诗歌，此刻的我不禁用清朗的声音吟诵起这些悦耳动听的诗文。

如同景树所说的"淀川处处见扁舟"，过去在这样的夜晚，很多船只在这里来往穿梭，如今却只见得这零零散散的渡船

---

[1] 香川景树（1768—1843），日本江户时代桂园派诗人。强调"诚"与"调"的结合，注重"性灵"与"学问"的诗学审美规律。——译者注

[2] 宝井其角（1661—1707），日本江户时代著名俳句诗人。他以短诗闻名，诗歌内容多嘲讽日本阶级社会。——译者注

了。手中那瓶正宗酒正好发挥了它的作用，一口下去，借着酒劲，我开始吟诵白乐天的《琵琶行》："浔阳江头夜送客，枫叶荻花秋瑟瑟。"我忽然意识到，眼前这片芦荻茂盛之地和白乐天《琵琶行》中的画面是多么相似啊！如果这条河的下游在江口或神崎附近，那么在此泛舟的应该有不少娼妓吧。

平安时代的大江匡衡[1]曾作《见游女序》，在描绘这条河流的靡靡之风时写道："河阳介于山、河、摄三州之间，为天下要津，东西南北之往返者莫不经由此路。其俗也，向天下夸耀女色。老少相携，邑里相望，门前系舟、驻客河中。年少者涂脂抹粉荡人心魄，年老者以撑篙掌伞为己任。呜呼，翠帐红闺，万事异于礼法，舟中浪上，一生欢会如此。余每经此路见之，未曾不为此长久叹息也。"

几个世纪之后，他的后代大江匡房[2]也在《游女记》中描绘过这河岸之地的繁华与放浪之风，如"江河南北、邑邑处处，沿支流赴河内之国，所谓江口，盖典药寮[3]味原树、扫部寮[4]大庭之农庄，若到摄津国，有神崎、蟹坞等地，比门连户、人家不绝，倡女成群，皆棹扁舟。船上可荐枕席，

---

[1]　大江匡衡（952—1012），日本平安时代儒者、文士。著有诗集《江吏部集》。——译者注

[2]　大江匡房（1041—1111），日本平安时代文士。著有《诗境记》《狐媚记》等作品。——译者注

[3]　典药寮，日本战国时期负责诊疗、药园管理的部门。

[4]　扫部寮，日本古时负责宫中的清扫、典礼时场所准备的部门。

声遏溪云，歌飘河面。经回之人莫不忘返，钓翁商客，舳舻相连，难见水面。亦可谓天下第一乐地。"

现在，我已经从记忆深处挖出了这些只言片语，看着皎洁的月光，寂寥的水面。估计任何人看见这样的场景都会怀古伤今吧。在即将迎来五十岁的年纪，我终于体会到了那种年少时无法体会到的伤春悲秋之感，就连窥见随风摆动的甘葛藤叶都要伤感一番，更不要说在这个月色清冷的夜晚蹲在水边叹息。人类苦苦创造的一切终究还是会消失，这种无常感让我对那个远去的繁华时代生出了希冀之情。

我想起《游女记》中那些名妓的名字，大都是观音、如意、孔雀等，从前这些驾着一叶扁舟的女子都去了何处？她们将自己的行为看成是善举，因而用佛教用语给自己取艺名。那么，曾经连高僧都要膜拜的那些女子，她们的身影何时才能重现于这江水之上呢？江口那一带的妓女一心只在游人身上，毕竟江上的船只就是她们的家。如果在这漂泊浪荡的生活中有不幸降临，她们来世又该是怎样的呢？会因今世的所作所为而遭受惩戒吗？或者，正如西行[1]所言，她们已经投生在弥陀国，微笑着看待这世间的悲喜了呢？

我想出了几句拙诗，为了不忘记，便拿出揣在怀里的本子和铅笔，记录下来。手中的酒所剩无几，我心中满怀不舍，

---

[1]　西行法师（1118—1190），日本僧人、歌人。其著作有《西行法师家集》《山家心中集》《别本山家集》等。——译者注

喝一口酒写几行字，再喝一口酒再写几行字，直至一滴不剩，将酒瓶扔向河中。这时，周围的芦苇丛哗啦作响，我转头望去，看见一个男子蹲在那里，黑暗中的影子让我大吃一惊，因而在那一瞬间有些不礼貌地瞪着他。

他却十分平静地说道："这月色真美啊！我一直都在这里，但见您雅兴正浓，不愿扰您的清净，故未与您寒暄。只是听得您吟诵《琵琶行》的诗句，有些忍不住想要吟上几句，可能打搅到您了，不过可否容我暂时出现在您的视线里呢？"

在东京，极少有人会与一个陌生人这般搭讪，不过，我可能对关西人不拘小节的性格习以为常了，也客气地说道："无妨，是您太客气了，我洗耳恭听。"

忽然，男子站起身来，穿过那丛芦苇向我走来，坐到了我身边。"实在是太唐突了，再来点怎么样？"说着他打开了绑在木拐杖上的小包袱，从里面拿出了几样东西。

我定睛一眼，他左手拿着一个葫芦，右手拿着一个漆器小杯，递到我面前，说道："方才看见您扔了那酒瓶，我这里还有一些酒。"他说着，摇了摇装酒的葫芦，"要劳烦您听我那笨拙的吟诵了，请一定不要有所顾虑，尽情地喝下它吧。"他边说边将杯子塞到我手中，然后将葫芦倾斜，把酒倒入了我的杯中，那咕咚咕咚的声音听起来甚是美妙。

"万分感谢您的好意，那我便不客气了。"我喝掉了杯中的酒。尽管不知道那葫芦里装的是什么酒，不过那略带木料香气的冷酒让我突然多了些清爽的感觉，尤其是在喝了正宗酒之后。

"再来一杯。""再来一杯。"他一连倒满三杯。当我喝第三杯酒时，他缓缓唱起了《小督》，声音不大，底气也似乎有些不足，嗓音中透出沧桑的感觉。他似乎已经唱了许多年了，形成了自己独特的唱法。然而最重要的是，在陌生人面前能够排除一切干扰，随心所欲地歌唱，并沉醉其中，这样洒脱的境界震撼并感染了我。虽说他的歌唱技巧不算绝好，但要是能拥有这般境界，也不枉费辛苦学艺一场！

"太妙了！听君一曲，实为享受啊！"我说完这句话，他还在喘气，润了润嗓子之后，随即又递给我一杯酒："再来一杯，请！"他戴着鸭舌帽，帽檐很低，遮挡住了他的面容，还在脸上投下了一片阴影，我在月光下完全看不清他的脸，但猜想年纪应该与我相仿。他身材瘦小，身穿和服便装，外面套着一件大衣。

"冒昧地问一下，您是大阪人吗？"我唐突地问道，听他口音似乎是从京都以西的地区来的。确实如此，他在大阪南部开了一家小小的古玩店。我又问他是不是出门散步，顺便过来看看。他抽出别在腰间的烟丝筒，一面装烟一面答道："不是，是为了赏月，黄昏时就已经出门了，以前都是乘坐京阪电车，但今年电车改走新的路线，绕了些路，便恰巧来到了这个渡口。"

"听您这么说，每年的这个时候您都会外出赏月，对吗？"

"是的，每年我都会到巨椋池[1]赏月，今天偶然路过这里，还能观赏月色实是幸事。也是见您在此歇息，才发现此地的，从芦苇丛旁眺望月色实在是太妙了，这还真要感谢您。"他点燃了新的烟丝，然后又说道："若还有妙句还望您能指教。"

我真是有些惭愧，慌慌张张将本子放回怀中，说道："哪里，真是惭愧，都是些自娱自乐的东西。"

"不可这么说。"他没有勉强我，似乎忘却了此事，缓缓地吟唱起了"江月照，松风吹，永夜清宵何所为。"

我开口询问道："您是大阪人，那么您对这附近的历史肯定十分熟悉。所以我还想问问，我们此刻所在之处是否就是以前江口君之流的妓女划船游湖的地方？"刚才在月色之中，我眼前闪现的就是女子的模样，而我想将那追求幻境的心情写下，却实在写不出佳句。

那男子的神情有些悲痛，感慨道："我们思考的事物还真是相同，看着这月色，我回想起了那些已经消失在世界上的感觉。"

我偷偷观察着他，嘴上说道："大概都到了知晓人情世故的年纪了。每到秋天总觉得寂寥无趣，总感觉秋天似乎带

---

[1]　日本古代的一个湖泊，位于京都府南部，现已不存在。——译者注

着一种没有理由的伤感，而且很是强烈。要想真正读懂'风声惊我心''帘动秋风吹'这些诗句的意味，还得到我们这样的年纪，但若说伤感就厌恶秋天也大可不必。年少时最喜爱春日，如今更向往秋时。年龄的增长会让人逐渐产生一些心境——更倾向于依照自然法则而逐渐消亡。总是对宁静的日常生活和寂寥的自然风景更感兴趣一些。所以啊，不如好好享受这繁华尘世，不去想那些寂寥的伤感，或许会让人安心些。不是说要贪恋声色犬马的生活，而是说能在回忆里找到热闹的往昔，这么说大概更合适吧。这种对往昔的追忆和怀恋之情，对年轻人而言不过是一场与己无关的幻想，可是对老人而言却是活下去的动力。"

"是的，是的。"男子十分同意这种观点，"随着年龄的增长，会产生这样的想法是正常的。儿时，每逢十五的夜晚，父亲都会带着我在月下漫步，每次都要走上几里路。如今每到此时，我都会想起当年和父亲一起行走的场景。想来，父亲也曾说过这样的话'或许现在你还不懂得秋的寂寥，但总有一天你会明白。'"

"令尊为何这般偏爱十五的月夜，甚至还带着您走了好几里路程呢？"

"我记得七八岁时，第一次被父亲带着匆忙赶路时，我完全不知所措。母亲早逝，我和父亲相依为命，他只要出门一定会带上我。有一天，父亲只说带我去赏月，在暮色将至时便离开了家。那时是没有电车的，我们只能搭乘蒸汽船，如果我没记错，我们是从八轩屋乘坐蒸汽船沿着河流往上游逆行，在伏见停船上岸。我跟着父亲走在河堤上，最后在一个宽阔的湖边停了下来。如今想来，那里便是巨椋堤，湖也就是巨椋湖了吧。不过路途单程也就是一里半不到二里的样子。"

"可为何会去那里呢？就只是赏月闲逛吗？"我询问道。

"是的，父亲总是站在堤上向我感叹这景色的美好。幼时的我当然也认为这里的景色甚好。事后回想起来，我跟父亲赶路的时候曾路过一座富家的宅邸，那似乎是一栋别墅，从宅子深处的树林里传来了三味线和胡琴的曼妙声音。父亲在此伫立了一会儿，接着绕围墙转了一圈。我跟着他走过去，除了奏乐声，我还听见有些细微的声音，是有人在说话。等从围墙这边走到后院的篱笆那里时，父亲从篱笆缝隙中向内窥视，看得十分入迷，然后又悄然无声地走开了。

"等我向内窥视时，我看到了一座庭院，里面有假山、草坪和池塘。池塘上有一座高台，四周栏杆环绕。高台上坐着五六个人，有男有女，正在愉快地畅饮，似乎是一个专门为赏月而举办的宴会。坐在主座上的是一位女子，正在奏琴，而一些侍女装扮成仆人在弹三味线，看起来似乎是艺师的男子则在演奏着胡琴。一座泛着金色微光的屏风挡住了我们的视线，只能窥见他们的些许举动。

"宴会上点了很多蜡烛，不知道是特意为之，还是因为那时候尚无电灯这样的照明设备。烛火摇曳，那雕着花纹的柱子和栏杆的影子落在了屏风之上。水池中还有一只小船，也许能从这里一直划向巨椋池吧。端着酒壶的女仆人来来往往，态度毕恭毕敬，看起来那位坐在主座上奏琴的女子便是这里的主人，其余的人只是在陪伴着她。这已经是四十多年前的事情了，那时的大阪盛行让女仆人做侍女打扮，有的人甚至还会让女仆人学艺。

"只是有些可惜，这位女主人被芒草的阴影挡住了面容，父亲无法看清她的模样。父亲踱来踱去，不停地更换位置，似乎想要看清那女子的模样，可都无济于事。我们离得很远，听不清他们的言语，但那女子的声音十分清亮，余音在庭院里缭绕。我能感觉到她的年龄并不大，而且音色中还带有高贵的气质。女子在宴席中时不时豪放地大笑，似乎已有了醉意，又透着天真烂漫。

"我尝试着问父亲这些人是不是在赏月，'嗯，看起来是。'父亲回应，我又追问父亲是否知道这里是什么人家？可这次他只是轻轻'嗯'了一声便全神贯注地看向那边。仔细想来，当初我们确实停留了很久，女仆人又一次剪了蜡烛芯、又一支舞蹈上演、女主人又自弹自唱了一番……待到宴席结束，我们方才离去。

"返程时，我们再次百无聊赖地走在大堤上。我之所以会把年幼的事情记得如此清晰，是因为这样的事情在此后多年的这个日子都会重演，我无数次走在那条堤上，来到那座宅院门口，听着琴与三味线的和声。我和父亲沿着围墙走到篱笆边，向内窥视。每年的宴席形制都差不多，皆是那位女主人带着女仆人与艺人自弹自唱，只是初见时的情形确实要繁复许多，但大体是相同的。"

"是这样啊，"我已经逐渐被男子带入那个回忆的世界中，追问道："那令尊为何每年都要到那座宅院附近呢？那座宅院又有什么特别之处呢？"

"要说原因嘛……"男子犹豫了一下说道："其实也不是什么秘密，已经说了这么多了，若不继续说的话的确有些扫兴。把您留在这里很久了，实在是给您带来了不便，还好您不觉得无趣，那就继续讲下去吧。"他又拿出了葫芦，"要说遗憾，确实是有的，不过在说那些事之前，我们还是先把这个故事讲完吧！"他把酒杯递给我，然后我耳边又传来了悦耳的咕噜声。

喝光了葫芦里的酒，他继续说道："每年的这个日子，在堤上走着时，父亲就会告诉我那些事情。一边说着我还是个孩子，或许不懂这些，但又说着我即将长大，要牢记他说的话。总之，细想之下，那时的父亲一本正经，更像是在和同辈人讲话一般，而不是把我当成小孩子。

"那个时候，父亲称宅院内的那位女主人为'阿游小姐'，或者'那位女士'。他有些哽咽地说着：'我每年都带你到这里来，就是要你好好地记住她的面容，更不能忘记她的事情。'尽管那时我不大懂父亲的话语，但可能是孩童的好奇心，抑或是被父亲的诚挚感染了，隐隐约约地觉得自己好似明白了一些事情。

"阿游出生在大阪的小曾部家，十七岁那年嫁进了粥川家，听说是粥川家见她样貌出众才答应的婚事。可是，四五年后，她的丈夫去世了，所以她从二十二三岁就开始守寡。如果是今时今日，年纪轻轻的她完全可以另谋婚配，而且不会惹来世俗的非议。可是那时还是明治初年，旧幕府时期的风气仍然盛行，无论是娘家还是夫家，都不会允许她再婚，更何况她与丈夫还育有一子。

"阿游当初嫁过去后一直被婆家当成宝贝似的疼爱，甚至比在娘家过得还要好。据说她守寡之后常带着一群女仆人外出游玩，肆意挥霍，日子依然过得逍遥快活。旁人都觉得她应该没有什么不如意，因为她的生活一直很热闹。

"父亲二十八岁那年初遇阿游，此时父亲单身，而二十三岁的阿游则是个寡妇。那是初夏的一天，父亲、姑姑、姑丈三人同行，前往道顿堀看戏。阿游恰巧坐在父亲身后的楼座里。与她同来的还有一位正值二八年华的姑娘，楼座外还站着一个上了年纪的妇人，也许是乳母或者管家，另有一个年纪尚轻的女仆人。这三个女子轮流到阿游后方替她扇着扇子。姑姑与阿游相互点了点头，以示问候。见此情形，父亲便问了几句，才知道那是粥川家的寡妇，而那位十六七岁的女子则是她的亲妹妹，也是小曾部家的女子。

　　"父亲常常说'我第一次看到她时，就认定她是我心心念念的那个人'。在那个时代，无论男女，大多结婚都比较早，而父亲当时已经二十八岁，又是家中长子，却因为过于挑剔而一直没有成家。听说父亲年轻时也有过一段荒唐的时光，总是花天酒地，还曾与艺伎交往过，但他终究还是偏爱大家闺秀，尤其是那种安安静静坐在书桌旁翻看《源氏物语》的姑娘，而艺伎当然不属于这一类。

　　"父亲的这种喜好到底从何而来呢？似乎不符合他作为一介商贾的身份。在那时的大阪，船场周围的人家都讲究派头，即使是仆人，也很在意繁文缛节，与达官贵人相比有过之而无不及。父亲出生于这样的人家，耳濡目染之下自然也形成了挑剔的眼光。

　　"总而言之，父亲初见阿游就认定了她是自己的梦中之人。究其缘由，大概是因为当时坐在他身后的阿游对女仆人的态度和言辞，以及行为举止都让父亲认为有大家闺秀之风吧。不过就照片看起来，阿游却长着一张娃娃脸。

　　"听父亲说，只看样貌的话，有很多与阿游一般貌美的女子，但阿游的脸上总给人一种捉摸不透的距离感，不管是眼睛还是口鼻都如同被罩在一层薄雾之中，依稀可辨，却不甚明朗，仿佛只能看得见轮廓。若想要细细分辨，反倒会更加迷惑，只觉得她身在迷雾之中。这大概便是书中所说的'温和雅致'之貌。这也是阿游在这世上的价值。

"若这样说的话，似乎也是有道理的，一般来说拥有娃娃脸的女子，如果没有操持家事，那么很难显露出老态。就连姑姑也常说，十六七岁的阿游和四十六七岁的阿游看起来没什么差别，总给人一种不通人情世故、弱不禁风的样子。而父亲就是对'温和雅致'的阿游一见钟情了，也就是说，他迷失在了那朦胧之美中。

"在了解了父亲的喜好之后，再看照片中的阿游便不觉疑惑了，那的确是父亲喜欢的姑娘。总而言之，那种感觉就好似在观赏泉藏人偶的面容时浮现出的既明朗又典雅的感觉，令人联想到宫闱中的夫人与女官。在阿游的眉目间，总是能感觉到这样的气息。

"姑姑和阿游从小便是要好的伙伴，后来又在同一位琴师处学艺，因而知晓阿游的出生、成长，以及嫁为人妇的各种经历，并一一告知了我的父亲。阿游的兄弟姐妹较多，除了那日与她一起去听戏的妹妹外，还有姐姐和其他的妹妹。不过只有她最得父母的宠爱，不管她怎么任性都可以，这大概是由于她的样貌在一众兄弟姐妹中最为出众。她的姐妹也认为阿游是最为特别的，所以阿游如此受到偏爱，旁人也不觉得奇怪。按照姑姑的说法，'阿游天生就有独特的优势'，

而这不是她祈求来的，也不是她强求或欺压来的，而是旁人
自觉给予的关照和呵护。

　　"阿游身上的气质令父亲母亲、兄弟姐妹和亲朋好友都
将她视为掌上明珠，像爱护珍宝一般爱护着她，不让她吃一
点儿苦，受一点儿委屈，甚至不愿她承受这世间的任何风雨。
少女时代的姑姑曾去过阿游家游玩，那时阿游还是小曾部家
的千金，被家人悉心照料，十指不沾阳春水，既纯净又无邪。

　　"听完姑姑的叙述，父亲更加钟爱阿游，只是迟迟没有
机会相见。直到那天姑姑来找他，对他说，阿游要为弹琴表
演做准备，若是想见见就一同前往。到了预演那日，只见阿
游梳着垂发，身穿专属于贵族的华丽礼服，演奏了一曲《熊野》。
直到今天，琴师在授予弟子等级的时候，依然要按照传统举
办特定的仪式，这种仪式通常花费不菲，所以琴师一般都会
要求出身富贵的徒弟来承办。阿游学习琴艺只是为了打发时
间，但也听从了琴师的安排。

　　"之前提到过，我亲耳听过阿游的好嗓音，而现在，我
似乎对她有了更深的了解。父亲第一次听到她的琴歌时十分
动容，再加上恰好看到阿游雍容华贵的打扮，自然喜不自胜，
宛如身处梦境之中，完全不敢相信这是真的。听说在阿游表
演完之后，姑姑到乐室见了她一面，只见她仍身着礼服，不
肯脱下，嘴里说着，'琴艺好坏暂且不提，难得如此装扮一
回，立刻去照相吧！'闻言，父亲知晓阿游与自己意趣相同，

因而认定她是自己未来妻子的最佳人选，便偷偷告诉了姑姑自己的愿望。

"尽管姑姑对父亲有些同情，但她深知对方的家庭情况，觉得这事绝无可能。若是没有孩子尚可谈一谈，但阿游有个幼子，事关夫家香火的传承，她是断然不会抛下孩子，从粥川家走出来另嫁他人的。另外，尽管她母亲已经不在人世，但父亲却尚在，婆婆也在。老人都抱有一颗恻隐之心，不忍她年纪轻轻就成为寡妇，百无聊赖地活着，所以才对她如此放任，以便她能感受到温暖和热闹，不过这也就意味着她要独守空房度过余生。阿游也知晓自己的处境，因而就算享尽荣华富贵，也无半点越界的行为，自己也没有再婚的想法。

"话说到这个地步了，父亲依然不愿放弃，请求姑姑帮忙引见，就算偶尔相见也可以，不提结婚的事情了。姑姑见状，实在不忍，唯有答应。可她与阿游也只是年少时的朋友，如今已经有些疏远，要引见还是很困难。思虑再三，姑姑说：'既然你也不会再娶她人了，那就把阿游的妹妹阿静迎娶进门怎么样？阿游肯定没有机会了，娶她妹妹倒是还有机会。这位名为阿静的女子便是那日与阿游一同看戏的姑娘，正值适婚年纪。'父亲那日也见过阿静，长相虽然也很好，而且因为和阿游是姐妹，也有相似之处，却着实没有阿游眉眼间的那种温和雅致之感，单看还不觉明显，但若是和阿游站在一处，那就真是天壤之别了。

"若是别人也就罢了，但既是阿游的亲妹妹，父亲索性也就接纳了姑姑的意见，她毕竟是与阿游一脉相承的人。当然，父亲也思考了许久，这一步并不好走。一方面，这样做对阿静太不公平；另一方面，父亲始终把阿游视为未来的妻子，想要永久保持对她的那份专一。但转念一想，娶了阿游的妹妹，往后便能和她时常相见了，如若不然，可能今生今世都没有机会再见面了。

"其实，直到与阿静见面相谈亲事的那天，父亲都还未下定决心娶她。之所以答应相亲，是想借此机会多见见阿游。父亲的计划是成功的，从相亲到婚嫁，每一次会面阿游都会前来。母亲早早地离开了她们，阿游常年闲散无事，而阿静几乎每月都会花上大半时间和阿游待在一起，同吃同住，所以顺理成章地，阿游便会常来探望。

"相亲进行了两三次，父亲每次都试图找话题拖延时间，但半年过去了，事情还是没有结果。不过，阿游常常去姑姑的住所，在与父亲的谈话中了解了他的为人。一日，她忽然问父亲：'你对阿静是不是没有喜爱之情？'父亲说'并不是没有'，她便说道：'既然如此，请你娶了阿静吧。'

"阿游对这桩婚事很是上心，听闻她曾对姑姑说过，阿静是所有姐妹中和自己最亲密的，若是能嫁给芹桥先生这样的男子，自己自然也会非常开心，因而她积极促成这门婚事。父亲正是听了阿游的话才决定娶阿静的。没过多久，阿静与父亲喜结连理，后来生下了我，而我则该叫阿游一声姨妈。

"只是事情远没有看上去那样简单。虽然不知父亲为何会接受阿游的建议最终迎娶了阿静，但在新婚之夜，阿静泪流不止地诉说：'我答应嫁过来，是因为姐姐希望我这么做，我知道她在想什么，倘若和你行了夫妻之实，那就辜负了她，所以我愿意今后只做你名义上的妻子，但请你一定要让姐姐过上幸福的生活。'

"父亲没料到阿静会这么说，所以有些糊涂。他一直以为这份暗地里的爱恋是不会被阿静知晓的，也不曾奢求能得到阿游的倾慕。那么阿静是怎么知道姐姐的心思的呢？她说得振振有词，难不成是阿游亲口所言？

"父亲不停地问着泪流满面的阿静，但阿静却只说，这样的事定然是说不出口的，也是不该执着追问的，不过她心里很清楚自己该怎么做。我的母亲——阿静那时还是一个不谙世事的姑娘，竟然能察觉到这么隐秘的心思，实在是令人诧异。

"我后来才知道，因为年龄相差太大的缘故，小曾部家的人原本是不同意这门亲事的，阿游也同意家人的想法。只是有一天阿静去找阿游时，阿游对她说：'这门婚事我认为是极好的，但要嫁的不是我，所以家里人都决定了，我也不好多说什么，若你愿意的话就亲口提出来，然后由我去帮你谈，你意下如何？我可以在中间调和一下，让家里同意这门婚事。'

阿静心中其实没有什么想法，但想着姐姐如此看好这个人，那么他应该是个好人，便说：'既然姐姐觉得不错，不如就这样决定吧。'

"阿游说：'你这样说我很高兴，这世上也不是没有相差十二岁的夫妻，况且我与那个人聊得颇为融洽。人们都说姐妹嫁了人后就会彼此逐渐生疏，可我不希望阿静你被旁人占了去，不过若是那人娶了你，我倒是觉得又像是多了个兄弟一般。如此说来，似乎是我太自私将他强加于你，但你听我的吧，对我友善的人也一定会对阿静有情有义。我没能嫁给自己喜欢的人，走到如今，就连一个能嬉闹说笑的人都没有，实在是很煎熬。'

"我之前说了，阿游自幼被公主般对待，长大后的她，如今也只是在感情最好的妹妹面前撒撒娇罢了。只不过，阿静却从阿游的言语中看到了不寻常。她的模样特别可爱，天真当中带些热情，可能阿游自己并不这么认为，但至少阿静当时是这么想的，这大概就是人们所说的'恬静的女子虽然不多言语，但并不代表心中没有想法'。除了说出来的这些之外，她心里或许还想到了很多别的事情。说起来，阿游自从和父亲相熟以后，整个人都仿佛鲜活了起来，最大的乐趣就是与阿静讨论父亲的事情。

"父亲尽力克制自己兴奋的心情，对阿静说：'大概是你多想了，我们已是夫妻，尽管存在一些瑕疵，但也是前世注定的。你一心想着姐姐，可谓有情有义，但是你独自面对如此巨大的内心矛盾，冷漠地对待我，也是辜负了你姐姐的一片好心。况且，你姐姐绝不想让你洞察到她的心思，她如果知晓了，恐怕也是个麻烦事。'

　　"'可你是因为想与姐姐沾亲带故才答应娶我的，你妹妹早先曾对我姐姐说过，你拒绝了许多很优秀的女子，如你这般挑剔的人转眼却娶了我这么一个愚钝的人，不都是为了姐姐吗？'父亲只能低着头沉默不语，而阿静则继续说道，'若你能让姐姐看到你的真心，哪怕只是一部分，想来她也会十分开心。只是如此一来，你们二人之间反倒会有所顾忌，因此眼下还是保持沉默为好，只不过不要欺瞒于我。这终究还是一桩憾事！'

　　"听到这里，父亲眼含泪光，对她说：'我不知你是为了成全他人才嫁给了我，这番心意我此生都不会忘记。不过，我只会将她当作姐妹，不管你认为我应该怎么做，但我只能这样做，其他事情是不可能的。若你还要执意尽这份人事，那么我们三人都不会好过。若你不觉我厌烦，就当承了你姐姐的情，别再说这样生分的话，我们做一对真正的夫妻，不好吗？往后，将她作为你我二人的姐姐去对待，不好吗？'

　　"'怎会有厌烦不厌烦的说法呢？我自感羞愧，从小我就听姐姐的话，姐姐喜欢你，我自然也会喜欢你，只是对不起，我无法把姐姐倾慕的人当作自己的夫君。原本我是不打算嫁

过来的，但又想着我若不嫁，那么你们就无法相见，所以才抱着做你妹妹的想法进了这个门。'

"父亲说道，'那你就准备为了你姐姐牺牲自己一辈子的幸福吗？如此一来，你姐姐也不会高兴的。这样做会伤害一个心地善良的人，不是吗？'

"'你千万不要这么想，姐姐能为亡夫守寡一辈子，我也可以为她守贞操一辈子，而且不止我一个人牺牲了一辈子，姐姐不也是这么做的吗？你大概不了解，她是性情中人，才貌双全，家里人都护着她。而今，我明明知道她心里有你，只是在桎梏之中无法挣脱，我若是与她争夺，怕是要遭天谴。这些话要是被姐姐听到，她又要说我胡言乱语了，因此请你一定要理解我，其他人懂不懂不重要，我只求自己内心安稳，连姐姐这样带着福气出生的人都无法改天换命，我们又算得了什么呢？因而我早已做好了心理准备，要努力为姐姐争取幸福，所以才嫁过来的。请你谅解，人前可以夫妻相称，但人后请让我坚守贞洁。如果说我是个不合格的妻子，那是因为我的心里一半都是姐姐。'

"'眼前这位女子如此奋不顾身，我堂堂男子汉难道还做不到吗？'阿静的话让父亲变得坚定了：'你说得对，谢谢你。我之前也曾想过，倘若你姐姐终身守寡，那我就孤独一生。只是如今连累你也要过尼姑一般的生活，我实在不忍心，这才说了刚刚那番话。你的话犹如神谕，我真是不知该如何感谢你才好！你这般坚定，我又能说什么呢！尽管很无情，但我的确很高兴能那么做。我本不该有这样的希冀，不过此刻也无须多言，你的情义，我心领了。'父亲边说边带着敬意拉起了阿静的手，两个人就这样互诉心事，一夜未眠。

　　"如此一来，在别人眼中，阿静和父亲是从不吵架的恩爱夫妻，阿游也不知他们之间因她而起的约定。阿游看到他们和睦美满的模样，便在父亲和兄弟姐妹那里夸耀，幸好听从了她的建议。此后，阿游与阿静走动日益频繁，不管是听戏还是游山玩水，芹桥夫妇必然在旁。听说三人时常一同外出游玩，在外留宿时也是三人同住一个房间，渐渐地形成了习惯，即使不出外游玩，双方也时常会留在对方家里过夜。

　　"纵然已经过去了许多年，父亲仍然很怀念那时的日子。阿静没有成家前，阿游每天睡觉之前总会让阿静帮着暖脚，阿静就钻进她的被子里去。阿游时常会觉得脚冷，一冷就睡不着，而阿静的身体却很温暖，于是，暖脚就成了阿静常常要做的事情。阿静嫁人之后，女仆人也替阿游暖过脚，但效果却不好。阿游说：'可能是从小养成的习惯，用被炉也好，用汤婆子也罢，都不管用。''这么客气做什么，我住下不就是为了像以前一样给你暖脚吗！'阿静一边说，一边兴高采烈地进到阿游的被子里，直到阿游说'好了'。

　　"除了这些事情之外，还有许多与阿游公主般生活相关的故事。据说她的日常起居都有三四名女仆人照料，就算是洗手也是一人端着水伺候，一人手拿帕子等着，待阿游将湿漉漉的双手一伸，便赶紧擦干。更不用说穿袜子、洗澡这样的事情了，她几乎从不亲自动手。

"在那个年代，就算是生长在商贾之家，这样的生活也过于奢华。听说当初阿游出嫁时，阿游的父亲还特意嘱咐：'这孩子自小就是这样生活的，事到如今也无法改变了，若你真心实意想娶她进门，就得保证让她能如从前一般生活。'因而即使出嫁，甚至有了孩子以后，阿游的日子也还和未嫁时一样。

"父亲时常说，每次去阿游那里，都觉得像走进了宫廷女官的房间。大概父亲亦是因为体会到了这样的乐趣才会感触良多吧！阿游房中所有物品都带有皇家的花纹或风格，不论是手巾架还是便器，都涂了蜡，描了金。在通向下个房间的隔扇边，没有常见的屏风，而是摆放着衣架，衣架上是样式繁多的小袖衬衣。

"阿游喜欢在内室倚靠茶几坐下，闲暇之余放置一个用来烘干衣物的竹笼，然后点上香，一边薰衣服，一边和女仆闻香休憩，有时候也会玩投扇游戏，或者下围棋。即使是娱乐，阿游也不附庸风雅，因为自己围棋下得不好，却又喜爱古代的秋草描金棋盘，常常用它下五子棋。阿游一日三餐皆用漆碗搭配袖珍食案。若是口渴，自有女仆用天目茶碗托盘将茶水送上；若是想吸烟，也有人为她插上烟管再将烟点燃；若是天气寒冷，清晨醒来时就会有人在屋子里铺上厚实的纸垫，直到仆人端来几次开水后，她才俯身在盆里洗脸。

"在家便这般生活，出门旅行就更不用说了。每次必有一名女仆随行，其他的事情交由阿静安排妥当，就连父亲也得来搭把手，穿和服、拿行李、按摩等，每个人都各司其职，以保证旅途顺畅。那时孩子正在断奶，时常哭闹，因而奶妈也需要一同前往。

"有次去吉野赏花，阿游说胸部胀痛，提出由阿静帮忙喝下，看到两人的样子，父亲打趣说她们配合得真是娴熟。阿静便解释道：'阿游生阿一的时候，因有奶妈喂养，就时常让我去吃奶，我已经习惯了。'被问及味道如何时，她说'幼时不知其味，如今尝来真是好喝极了'，然后拿碗接了乳汁递给父亲，'你尝尝'。父亲尝试着喝了一口，假装镇静地说了句'是挺甜'，但他内心知晓阿静的深意，顿觉脸红心跳。于是便起身往外走，还一边念叨着'感觉怪怪的'。阿游却觉得甚是有趣，大笑起来。

"从那以后，阿静好像特意想让父亲出丑难堪，或者手足无措，总是做些调皮捣蛋的事情。白天人太多，因而没有机会独处，每到只有三人的时候，阿静都会悄然离去，给另外两人留下相处的空间，待到父亲着急得发慌才慢悠悠地回来。若是阿游需要系腰带就佯装使不上劲儿让父亲帮忙，要穿新袜子也是一样。每当此时，阿静就会看到父亲窘迫的模样。

不过他们都知道，她只是天真顽皮，并不是有意耍弄。

"只不过对阿静来说，做这些事情还有一层深意，她希望借此让两人摒除彬彬有礼的关系，在接触的过程中慢慢沟通感情，让心心相印的两人能有机会说说话。毫无疑问，阿静在等待那两个人擦出火花，甚至碰撞出什么意外来。

"往后两人也相安无事。直到有一日，阿静与阿游生出了嫌隙，而父亲还不知晓，看到阿游时她立刻转过脸，不住地流泪。因为很少遇到这样的事情，父亲就问阿静怎么了，阿静说：'被姐姐识破了，纸包不住火，我只得说出来了。'阿静只是回答，并没有说事情的具体经过，所以父亲不能理解阿静的行为。也许阿静觉得是时候捅破这层纸了。阿游在得知他们二人之间的秘密后，不仅责备了妹妹的幼稚与冲动，也自觉进退维谷，被妹妹和妹夫的情分牵制住了。

"父亲在适当的时候，一面观察着我的神色，一面对这件事做了解释：'阿静的性子就是如此，我之前也说过，她总爱替别人着想，大约生来如此，年纪轻轻就像老婆婆一样操心这个操心那个。她自己还说过这都是上天的安排，认为照顾姐姐是她最大的快乐，她甘愿为阿游牺牲自己，非要说原因，那就是只要见到姐姐就完全顾不上自己。'总而言之，虽然阿静有些自作主张，但只要了解她的为人，都会感激涕零。

"阿游起初也十分惊愕、如坐针毡，'要阿静这般为我付出实在是我的过错，我以后定当会有报应，事已至此，就做出改变吧，往后你们做真正的夫妻。''姐姐，您不用有顾虑，不管是慎之助，还是我，都是心甘情愿这么做的。往后不管发生什么您都不用在意，可能这样说不太礼貌，您就只当我们什么都没有说吧！'阿静说着，这次没有听从姐姐的话。

"从这之后，阿游刻意减少了与阿静夫妇的交往，但毕竟人人都知道他们三人极为要好，所以为了避免被亲朋好友发现端倪，过了一段时间双方又恢复了来往。最终阿静的意志占了上风。事实上，对阿游来说，既然内心脱离了自我设定的界限，又怎能去怨恨妹妹这般恪守信义呢？

"往后的日子，阿游仍旧保持以往的派头，任何事都让阿静夫妇操持，把他们的美意都统统收下。父亲也是从那时候开始，称呼她为'游小姐'的。起因是他在和阿静聊起阿游时，阿静认为他不该再称呼阿游为'姐姐'了，说不如用'游小姐'来替代，这样似乎更合适一些，父亲也觉不错，于是便开始称呼阿游为'游小姐'。久而久之，习惯成自然，在阿游面前，他也这样叫了起来，没想到阿游很是喜欢，还说：'不如就在我们三人中使用这个称呼吧！我自小就是这么长大的，所以顺理成章就觉得这些事是应该的，也谢谢大家这么宠爱我。'

"阿游非常任性顽皮，这样的事情还有许多，例如让父亲憋气，她用手堵住父亲的鼻孔，而父亲忍不住呼出一丝丝气息来时，阿游就开始责怪父亲说，'我还没说可以了呢'。
随即用手指或方巾将父亲的嘴唇堵上。她的娃娃脸让人很难
看出她已年过二十。有时她会说'不可以笑'，然后就开始
挠别人；有时说'不可以喊疼'，就开始掐别人；有时还不
允许别人睡觉，即使自己睡着了，对方也只能看着；有时父
亲眼见阿游睡得深沉，也恍恍惚惚地入睡了，等到阿游中途
醒来，就会用各种方法将父亲折腾醒。父亲回忆说，阿游天
性便是这般淘气，心里想什么就做什么，并非心存恶意。阿
静和她最大的区别就是阿静不会如此生事。例如，穿着坎肩
在家里弹琴，或是坐在衣幕之后，让女仆人倒酒给自己喝之
类的事情，只有阿游才能做得这般游刃有余。

　　"总之，阿游与父亲之间的关系，有赖于阿静的付出而
终究发展成上述那般样子。芹桥家比粥川家低调许多，因此
阿游前来探访的时候更多些。阿静费尽心思说服阿游，出门
时不用携带女仆人，自己就可以把所有事情都安排好，然后
三人就到了伊势或琴平。阿静穿得极其简单，努力把自己打
扮成女仆人的模样，睡在其他房间里。此刻三人之间的关系
已经不复从前，因而说话也要多多注意了。在外留宿的时候，
最好的情形是阿游与我父亲以夫妻的名义住下，但阿游总是
摆出女主人的架势，父亲则一会儿假扮管家，一会儿又假扮
艺人。

　　"在外时，他们都唤阿游'太太'。平日里阿游非常小

心，但在晚餐的时候，若喝了酒，便会豪放地哈哈大笑。不过，虽然他们的关系有了改变，但并没有突破最后的防线，这一点我在这里要替父亲和阿游二人解释一下。

"虽然无法一下子解释明白，不过还是希望你能相信我父亲所说的话。他曾对阿静说过：'我在神佛面前立下了誓言，即使是同床共枕，该坚守的我都坚守住了。不知那是否是你的原意，但无论是我还是游小姐，让你坚守到这般程度，已经是被神佛庇佑了。'的确，毕竟要考虑若不小心有了孩子该怎么办？不过，关于贞操道德的问题，如何看待是因人而异的，很难说阿游自始至终都没有受到过伤害。

"谈及此事，我想起父亲曾有一个很珍视的桐木箱子，里面放着沉香，还有阿游的签名以及一套在冬天穿的小袖衬衣，那是阿游的。偶尔，父亲也会让我看看箱子里的物品，每当此时，他都会将原本叠在衬衫下方的一件友禅绸长衬衫拿出来，放置在我面前对我说，那是游小姐的贴身衣物，绸子很厚重。我拿起来，小心地掂量了一下，的确有别于如今的衣服。那时候的绸子都是深褶、粗线，重量如链子一般，'怎么样？很厚重，对吧？'听到我说是，父亲十分高兴地点了点头，继续说道：'而且很柔顺，不过丝绸要有些褶皱，稍微鼓起来一些才漂亮。这样穿在女子身上才能更显出肌肤的柔和与绵软。这带着褶皱的凹凸不平的绸缎，越是肌肤柔和绵软的人穿上，越能突显出衣服的价值，而且手感也会更好。

它能让阿游原本就纤细的身材看上去更修长。'父亲一边说着，一边用脸颊贴在那件衬衫上，好像在拥抱那个人一样。"

"那令尊给您看长衬衫的时候，您的年纪应该不小了吧，否则很难理解令尊说的那些话。"在旁沉默着听完这个离奇故事的我询问道。

"那时候，我大概只有十岁，尽管当时不懂，却把父亲的话记在了心上，长大之后，也就懂了。"

"确实如此，不过我还有个问题，令尊与阿游的关系若如您所叙述的这般，那您的母亲到底是谁呢？"

"这一点问得好，如果不说清楚，故事也就无法收尾，因此还要劳烦您继续当听众了。

"父亲与阿游的爱恋时光主要集中在阿游二十四五岁之后的那三四年里，算不得有多长。大概是阿游二十七岁的时候，她失去了儿子阿一，那孩子是因为肺病去世的。阿游的生活从那时起就不一样了，父亲的余生也受到很大的影响。从前阿游与阿静夫妇交往甚多，小曾部家不以为意，可是粥川家却总是议论纷纷，甚至有人认为阿静不怀好意。事实上，不管阿静安排得多么周详，日子一长总会惹来别人的注意和流言蜚语。猜测到三者心思的姑姑也忧心忡忡。

"粥川家起初也不在意那些流言蜚语，但阿一去世之后，就有人指责阿游不是个称职的母亲，不够关心孩子。在孩子生病需要照顾时，她还偷偷出门半日，也正是在这半日里，孩子病情加重，最后转为肺炎去世了。常言母凭子贵，孩子一死，阿游又遭逢各种非议，加之年岁也不小了，粥川家最终讨论出了一个结果，那就是把她送回娘家。两家人也为要不要领人而争吵了起来，好在最终也只是离籍[1]，算是最后的体面。

"就这样，阿游回到了娘家，而小曾部家已由兄长掌管家业，自小被宠爱长大的阿游此刻也变得十分谨慎，毕竟如今的情况已和往日父母在时迥然不同了。虽说阿静让阿游去家里长住，可是兄长认为外面不断传来流言蜚语，这个时候还是应该小心些，便阻止了她。阿静认为，兄长大概是知道或猜到了一些真实情况。

"一年以后，兄长劝说阿游再嫁他人。相亲对象是一个姓宫津的酒厂老板，从前出入于粥川家时听闻过阿游平日奢华的做派，如今妻子逝世就想迎娶阿游。对方承诺，只要阿游愿意嫁给自己，他便将巨椋池的别墅修整一番，阿游喜欢的茶室等都不会少，她会比在粥川家过得更好。兄长当然认为这样是极好的，便劝说阿游道：'这是你的运气和福分到了啊，嫁过去不就能打破从前的流言了吗？'

"为了消除那些传闻，兄长还让阿静夫妇出面，让他们来劝说阿游。二人顿时进退维谷。此刻，父亲知道若是坚持

---

[1] 离籍：指阿游离开粥川家的户籍，不再作为粥川家的成员。——译者注

恋情则唯有一死。听说父亲好几次考虑过殉情，但父亲无法抛下阿静，要是三人一同死去实在又欠妥当。阿静也担心自己被抛下，那时总不停地说着：'时至今日都还不把我当自己人，真是伤心死了。'诸如此类带着醋意的话。

"除此之外，父亲的确很担心阿游。阿游天真无邪，不懂人情世故，需要有一群女仆照顾，况且如今有人能让她继续过这样的日子，如果就这样死去，实在是令人惋惜。父亲对阿游表明他内心的想法：'你实在无须走我这条路，寻常人家的女子若为爱殉情也就罢了，可你天生就被福气眷顾，若没有了这些，你的价值也就失去了。因此，你还是住进那个巨椋池的别墅去吧，那富丽堂皇的屋子才最适合你。如果你能过上那般生活，远比让你一同去死更令我高兴。我这么说，你应该能明白吧，我并不是变心或者害怕死亡。你本就不是执拗小气之人，应该能理解我的想法。你可以将我置之不理，你生来就是这样豁达的人。'

"听完父亲的这番话，阿游潸然泪下，可没过多久就恢复爽朗，说道：'的确如此，那就这样做吧。'父亲说，那时的阿游没有多余的解释，看起来也没有那么悲伤，这才是真正的阿游。

"阿游就这样下嫁到了宫津家。听说宫津本就是个好色之人，娶阿游也不过是一时好奇心起，因此很快就腻烦了，几乎不去阿游的别墅。即便如此，他也要把阿游视为摆设，任由她过着奢华的日子。因而阿游在伏见的乡下还是过着贵族般的生活。

"彼时，不管是生活在大阪的小曾部家，还是我父亲家都逐渐没落。在母亲逝世后，我们已经沦落到要去住破旧的小屋子。说起我的母亲，她就是阿静。当年父亲与阿游分手之后，想起那段时日的艰辛，又觉实在对不起阿游的妹妹，因而和阿静成了真正的夫妻。"话音至此，男子似乎有些疲惫，停下来从腰间掏出了烟盒。

"十分感谢您，告诉了我这样一个有趣的故事。如此一来，年少时令尊常带您去巨椋池别墅附近转悠也就找到了缘由。您好像说过每年都会去那里赏月，此刻也是去往那里吧。"

"是的，所以我要马上出发了。如今每到十五的夜晚，我还是会去别墅后篱笆处窥视，看阿游在那里弹琴，看那些女仆跳舞。"

"我还有个问题，像您所说的，如今那位阿游小姐应该已经快八十岁了，是个老妇人了吧？"

此时微风轻拂，月色朦胧，水边的芒草也看不见了，而男子不知在何时已经离去了。

异端者的悲哀

一

此时此刻，章三郎正在睡午觉，虽然在睡梦中，但他清醒地意识到自己在做梦。白鸟的翅膀闪耀着绸缎般的光芒，在他脸的正上方拍打着。渐渐地，那亮眼的羽翼逐渐靠近他的鼻翼，影响到了他的呼吸。洁净柔软的羽毛好似初春时节渐渐融化的细雪，不时地掠过睫毛四周，十分欢快。"我在梦中呢"，午睡的章三郎在梦里自我提醒。他的意识渐渐变得模糊，摇晃着就要坠入美梦深处，但每到这紧要关头，总会心头一紧，立刻清醒过来，就像有朦胧的光照进了脑子里。

换句话说，他此刻正处于半梦半醒的状态，既不想沉沉地睡去，也不想睁眼醒来，打算就这样在睡去与醒来之间徘徊，他望着那只白鸟的幻影，享受着梦境里灵魂的欣喜，心想："其实我现在可以让自己醒来。"

正值夏初，正午的阳光透过窗户，照在仰卧之人的眉目间，幻化出了那些入梦的白鸟。那翅膀拍打出的吧嗒声一定就是风声。章三郎的意识能清晰地感知到这一切，然而，他仍不愿意醒来，宁愿流连于梦中，好似只有自己这般神经质的人才能有这样特殊的体验。他甚至怀疑自己拥有某种特殊的能力，可以凭借自己的意志构建出任何想看到的幻境。他一边这样想着，一边慢慢集中自己的思绪，准备用娇艳女子的幻影代替现在在眼前晃来晃去的白鸟。

慢慢地，眼前白鸟的模样真的变得朦胧，逐渐隐于最深的黑暗处，如同孩子们吹出的肥皂泡，不计其数，带着绚丽无比的色彩在眼前飞舞，而那最大的气泡上竟然浮现出一个美丽的裸体女子，真是奇妙极了。他看着那婀娜的身姿随风翩翩起舞，并展现出各种媚态，不一而足。

"我的脑髓竟然有这样神奇的力量，真是太奇妙了！假若我真能随心所欲去创造梦境，岂不是能与恋人在梦中相见？若真的是这样，那我宁愿永远都不醒来！"可是，当章三郎有了这样的想法时，他便突然醒来了。就像小孩子太过用力吹气泡，导致气泡破碎时的那种无可奈何的哀伤之感。他连忙闭上眼睛试图找回之前的梦境，然而，无论是白鸟还是美女都已经消失不见了。他有些慵懒地支起身体，手撑着下巴抬头望向窗外，也许天上那一朵朵五月里的云彩，正是梦中的幻影。只是夏日的晴空里少不了猛烈的南风，不一会儿就将散落四处的云彩推向北边。

　　他不禁思考，为何梦境和天空都如此美丽，唯独自己身处的人间如此丑陋，充满污秽？

　　章三郎暗自想着，对梦境中出现的世界越来越不舍，胸中的苦闷也更深了。

　　在日本桥八丁堀拥挤的小巷子中有一栋破旧的房屋，章三郎就住在二楼的一间屋子中，除却西面的窗户透着清朗的天幕，其他一切都无法使人感受到美的存在。不论是那仿若监狱墙面般的墙壁，还是壁橱的拉门，抑或是只有四叠半大小的榻榻米，所有被切割出来的平面都像偷吃点心的淘气小孩的脸一样，满是污渍。在这间天花板低垂、通风性能极差的房间里，空气中弥漫着经年累月的湿气与恶臭，那气息好似要钻进身体里，深入骨髓中。好在西面的墙上还有那么一个小小的窗口能看到明亮的天空，若是没有这一点点天空的存在，恐怕章三郎早就崩溃发疯了。这里竟然是自称"万物之首"的高等灵长类动物的栖身之地，真是让人难以置信。

　　尽管人世间是这样的肮脏，章三郎也无法彻底抛弃这片生活的土地，他知道自己不可能去往遥远虚无的天国，更不可能去梦境中的乐园，那是童话世界里的孩子生活的地方。如同植物扎根于泥土之中拼命地生长，章三郎也想在这人世间寻求到些许乐趣。虽然居于陋室，总被世间的阴暗、不幸和丑陋所笼罩，但他相信这世间总还有温暖与光明的一面。如果能拥有健康的身体、巨大的财富还有与王侯贵族同样高贵的身份，那么一定会觉得当下的世界比遥远的天国或梦境更美好。然而如今的章三郎身处窘境，想要转换成那样尊贵的身份，就如痴人说梦。尽管如此，这样的可能性也远远大于将希望寄托在天国或梦境上。他这样想着，对于眼下的现实世界以及生命也就不那么失落了。虽然得不到贵族的身份，但也想一步步逆流而上，朝着上流社会前进，每进步一些便能获得一丝愉悦。然而，现在连前进一点点都做不到，这令他十分恼火。

同是人类，为什么自己就出生在穷困之家，必须从社会底层开始往上爬呢？生而为人，命运为何如此不公，甚至连些许附加的恩赐都没有。越是这样想，章三郎越是心急如焚。若自己是个愚昧、碌碌无为的人，即使出生和死亡都在这间陋室之中又有何妨？可事实是，自己和那些低微的蝼蚁，那些终日无所事事却不自知的人截然不同，自己是正在接受高等教育、马上就能拿到文学学士学位的有志青年。自己是天造之材，拥有过人的素质，只是所拥有的卓越才华与修养被分配到了艺术之门里，生活总是窘迫不堪，这才使得自己一直被困于逆境之中。

"哼，真是世道不公，老天爷真爱捉弄人。"章三郎不假思索地喊了出来，当他意识到的时候又惊慌起来。这段时间他养成了一个奇怪的习惯，总是喃喃自语，偏偏这些话与自己长期思索的一些问题毫无关系，只不过是脑子里一闪而

过的念头，突然就冒了出来，连惊呼的时间都没有，就那么
贸然地脱口而出。有时候，喊出来的话算不上离经叛道。他
喊出声来时，四周一般都没有人，因此一些听起来让人面红
耳赤，或者震撼人心的话也会脱口而出。那些话，不管是震
撼人心的，还是令人脸红的，大部分都会被人当作疯狂之人
才会说出口的怪诞言论。近来，章三郎最常破口而出的主要
有三句话。首先是"讨伐楠木正成[1]、荡平源义经[2]"。其
次是连呼三遍某位姑娘的名字，"阿浜姑娘，阿浜姑娘，阿
浜姑娘"。最后是"杀死村井、杀死原田"。

　　不知道为什么，偏偏是这三句话最常出现在章三郎的呢
喃中，他整日都念叨着这三句话。尽管皆是短句，但每次念
出这些语句来的时候，章三郎都会猛然清醒。在第一句话中，
只有说到"荡平源义经"时他才会发觉自己在说话，而到"义经"
二字说出口时，方才惊醒打住。对于第二句话，也必定要重
复三次那姑娘的名字，直到第三次才能觉醒。至于第三句话，
说到"杀死原田"时就会立刻回神过来，戛然而止，浑身颤抖。
那不高不低的音调和转瞬即逝的速度，让这些话听上去像极
了人们熟睡中不自觉说出的梦话。

---

[1]　楠木正成（1294—1336），镰仓幕府时期到南北朝时期武将。参与推翻镰仓幕
府运动，被后人视为武人的典范。——译者注

[2]　源义经（1159—1189），平安时代末期武士。在著名的源平合战中战功显赫，
被后世所称颂爱戴。——译者注

　　这三句中，唯有"阿浜姑娘"与章三郎的思想有些关联。这是他初恋姑娘的名字，不过两三年前已经分手了，至于这个女子如今的生活究竟如何，寡情的章三郎是毫不在乎的。那么，为何女子的名字还会被常常念叨呢？这一点，章三郎自己也百思不得其解。不过，人往往以为自己不在乎、完全忘却一个人的时候，其实对方的一切都已经埋藏在内心深处，因而无意识地说出对方的名字，也就不觉得有什么奇怪的了。反倒是第三句中的"村井、原田"，不过是中学的同班同学，自己与这二人毫无交集，竟然也会下意识地说出对方的姓名。不得不提的是，村井、原田两人是章三郎中学时代学校里样貌非常出众的少年，正值青春期的章三郎总因倾慕二人的样貌而夜不能寐，这样的痛苦折磨了他半年多。但是现实生活中，这两个少年与他并不熟络，他也不太敢主动接近，相互之间也就谈不上有什么交情。毕业后章三郎与他们再未见过面，更无任何书信来往，只听说原田在九州的高等学校三部就读，村井则在家乡劳作。尽管二人的出色相貌曾深深吸引着他，但时间已经让他们的模样变得越来越模糊。按理说，章太郎应该已经忘记他们，但却在近日频频回忆起。那些过往的记忆就像流星划过夜空，在脑海中一闪而过，还未来得及抓住就已消失不见了。

　　而这句"杀死村井、杀死原田"，就是在记忆消失的瞬间脱口而出的。若只是姓名大概也算不上严重，但连他自己都想不明白为什么要说"杀死"这两个字，也完全记不起是从什么时候开始说的。更让他奇怪的是，他与两人毫无交集，更别提有什么深仇大恨，就算是有些摩擦或者矛盾，也不可能想要杀死他们。难道这是一种预兆，暗示着村井和原田与自己有着宿怨，而未来的某一天，自己也会因为某个契机杀掉他们？他很清楚自己心头涌现出了这样的想法，却又认为那只是荒诞的妄想。

这样的想法过于荒诞离奇，以至于他总会因这句话而暗自生气。若有人正好从他身旁经过，听到这句话一定会受到惊吓，如果这样的话自己肯定会羞愧难当。若不巧有警察从旁经过，听到这些只言片语，定会认为他不是疯子就是罪犯，然后将他带走。到时他就真的百口莫辩了，就算大声呼喊："我不是疯子"，大概也没有人会在乎，没准儿还会被直接送进精神病院，被医生鉴定为精神病患者。

第一句中的"楠木正成和源义经"，更是让人匪夷所思。虽然他在孩童时期，与其他人一样非常推崇正成和义经所在的那个年代，也尤为喜爱历史，而且还熟读《太平记》和《平家物语》，但后期对日本历史的喜爱已经逐渐被西方的思想与文学所替代。如今的生活完全没有受到正成、义经时期历史人物事迹的影响。按理说更不可能会念叨这句话。再者，"讨伐楠木正成、荡平源义经"这几个词本就不能构成一个完整的句子。因而每次说到这句话，章三郎都感到十分羞愧，恨不能钻进地缝中去。

"在我身上，为何会出现这样奇怪又可笑的习惯呢？是不是神经衰弱了，而且还很严重？"

他实在想不通自己为什么会有这样古怪的行为，但不可否认的是，这些异常的行为让他觉得自己的确有疯子的潜质。幸运的是他能立刻察觉自己的异常，迅速恢复，所以一直都未被人察觉。

因为刚刚的喃喃自语，章三郎又产生了懊恼的情绪。沉思许久之后，他才长叹一口气，缓步走下楼。去厕所的路上有个光照极差的六叠居室，而章三郎患有肺病的妹妹阿富正在里面床上休息，一张面无血色的脸从睡衣领口露了出来。

见到章三郎走进屋里，妹妹就用那双深深凹陷在面颊上的眼睛悲戚地望过去，就那么直直地盯着她的哥哥。章三郎知道阿富病入膏肓，也许这一两个月就会走，因此极不愿意接受妹妹那特别清澈又特别神秘的眼神。可是去厕所必须从这里经过，章三郎感觉很尴尬。他扭过头，尽力避开妹妹的目光，快步走过套廊，打开门进到厕所里躲起来，许久才出来。

前些天，医学院的朋友告诫他说"脑袋不灵敏的时候很可能会出现便秘的情形，需要预防。"从那之后，章三郎每天都会跑进厕所两三次，每次都要待一刻钟左右，逐渐养成了习惯。他常常在厕所中陷入沉思，以至于忘记了来厕所的真正目的。

　　这一天，他照常来到厕所，开始进入沉思之境，各种天马行空的想法在脑中闪现，继而又四下散去，一阵又一阵，不间断地重复着。而后不知怎么就突然想起了中国的诗人白居易。

　　"等等，似乎昨天在这里，我也曾想到过白居易这个人。"他突然想起来。

　　是的，昨天的确想到过，而且不只是昨天，前天的这个时候，在这里也想到过。这到底是为什么？怎么一上厕所，白居易就会出现在脑海里？难道他和这个厕所在冥冥之中有什么联系？

　　他细细回想着，在浩瀚的思维世界中寻找着答案，没过一会儿就找到了蛛丝马迹。他突然看见地上有一块报纸碎片，那张报纸是两三天前的，其中有一篇和温泉相关的报道，他慢慢找到了原因。前几天，他无意中读到了那篇与温泉有关的新闻，随之，脑海中的思绪就开始不断飘荡，游离在箱根一家修建在翠岚溪谷边的旅馆的浴室中。当他整个身子浸入到那满是清澈河水的浴池中时，所有的疲惫刹那间无影无踪，身心都放松了下来，而他每次回忆起那沐浴的快乐与肌肤的触感时，就会想起唐诗《长恨歌》中的"温泉水滑洗凝脂"这句诗。沿着《长恨歌》往前想，很自然地就能与白居易联系起来。恰好这块报纸碎片从前天开始就被遗落在这里，因此他总是时不时地看着它，想起往日的场景，也总是能联想到白居易。

由此推断，从前天开始，连续三天章三郎的思绪都停留在同一个地方，好像在印证这样的理论：当内心遭受到一定程度的打击时，就无法产生那些天马行空的想象。对章三郎来说，他无法想象出法国哲学家柏格森[1]的"生命是意识之绵延"这样的哲学理念。

过了五六分钟，他转而开始思考心理学问题"不知那'纯粹持续'的理论是否是真理"。他努力回想着柏格森《时间和自由意志》一书中的相关理论，那本书他以前读过，可眼下却在脑海里找不到一丝踪迹，哪怕只是模糊的印象也没有。即使这样，章三郎对于自己能思考如此崇高的问题仍然激动不已。他心想，无论如何，在这个有几百号人居住的街道中，也就只有自己才知晓柏格森哲学了；倘若人的思维能如行为一般表现出来，写在脸上，那周围的人必然会惊讶于自己脑海中所存储的学问吧！

章三郎自言自语："我正思索着这么繁复又卓越的事情呢。"在他的内心，也很想找人炫耀一番自己的卓越不凡。

直到听到妹妹的声音："妈妈，哥哥还没从厕所里出来吗？"他这才站了起来，发现腿已经麻木了。他走到厕所外

---

[1]　亨利·柏格森（1859—1941），法国作家、哲学家。著作有《形而上学论》《论意识的即时性》《创造进化论》等。——译者注

的洗手池前，擦了擦手，依稀听到妹妹还在絮絮叨叨地说着什么。

"上厕所需要用这么长的时间吗？这样的话，岂不是去两三次就到傍晚了。这可不是江户男人该有的样子。稍微快一点可以吗？哎呀，妈妈！"

妹妹卧病在床，每天只能抬眼望着天花板，百无聊赖的她只能与母亲聊聊天，排解心中的烦闷。或许她也察觉到自己活不过几个月了，伤心与恐惧总是涌上心头，所以就用撒娇的口吻喊着"妈妈！妈妈！"可是她的声音很难被身在厨房的母亲听见，因而她越发不耐烦起来，一直喊着"妈妈"。

"来了来了！"母亲小心翼翼地在拉门那头回应了她。

她"嘿"了一声，撇着嘴不高兴地吼道："我喊了许久了，妈妈你怎么老是听不见，是不是聋了？"

妹妹虽然不过十五六岁，但原本就早熟得很，患病以后更是变得乖张起来，总说些惹人恼的无知话语，母亲怜惜她所以不与她多计较。

不过，作为哥哥的章三郎却难以忍受妹妹的蛮横无理，虽然她就要死了。对于妹妹仗着自己"快死了"，同时又因为畏惧死亡，所以总是辱骂家人的行为，章三郎心中的怜悯一瞬间便烟消云散，取而代之的是厌恶。

"真是混蛋！小孩子怎么能这么说话！如果总是因为同情而迁就你，你只会越来越目中无人，病人就要有病人的样子，好好躺着，把被子盖好！就要死了，别这么狂妄了，招人烦！"好几次章三郎都想不顾一切向她发火，甚至认为要是不狠狠骂她一次，就难以平复胸中的怒气。

此刻，听见妹妹对他上厕所的事情抱怨连连，他很是生气，便用愤怒、凶狠的眼神盯着妹妹。然而当他看见那出奇安静、好似西洋女巫般清冷的双眸回瞪着他时，就又怯弱地不敢言语了。因为对有些神经质而且怯弱的章三郎来说，若是现在对妹妹吹胡子瞪眼，等她逝去后，她一定会每天晚上都用那双清冽的双眸瞪着他，让他不得安生。旁人怎么看都无所谓，但是在章三郎看来，那是板上钉钉的事，毋庸置疑。作为一个懵懂无知的女孩，总是对至亲谩骂嘲讽，绝不是什么好的行为，只是病人似乎有种无法言说的优势，总能让被责骂的人感到良心不安。想到这里，章三郎心中充满了怨恨，但最后也只能忍气吞声，将这些怨气压了下去。

所有人都对妹妹的谩骂充耳不闻，她也觉得无趣，没过多久便安静下来，只是仍旧用那清澈明亮的双眸看着章三郎从自己枕边掠过。章三郎赶紧躲开她的目光，来到了楼梯口准备上楼，忽然又转了回来，打开病床边的橱柜翻找起来。

"哥哥，你这是在找什么呀？"妹妹没好气地问道。

章三郎一边把头塞进那潮湿、黑暗且散发着霉味的橱柜里，一边换上温柔的口吻回答："之前妈妈从日本桥借来的唱片机，已经还回去了吗？"

"还没有，你为什么要找那东西？你别在那个柜子里乱翻！"

"放在什么地方了？我借用一下，到二楼听听。"章三郎把头缩了回来，站在原地四处搜寻。在他的对面，一个衣柜正靠墙立着，衣柜顶上放着一个方方正正的东西，外面用竖条纹的布包裹着。章三郎眼前一亮，他觉得那肯定就是唱片机。

"那是阿叶姑娘借我的，你可不能随便动它！你要是胡乱折腾，弄坏了唱片机，她肯定是会生我气的，你快放下！"

"放心，不会弄坏的，我就借一会儿，没关系的！"

"妈妈，哥哥非要拿我的唱片机！哎呀！妈妈！"

章三郎一点也没在意妹妹的喊叫，他从衣柜顶上拿下唱片机开始拨弄起来。这时，妹妹更加愤怒地冲着母亲大喊大叫起来。

母亲此时正蹲在厨房门口洗衣服，手上沾满了肥皂泡。听到病人的呼唤，她走了过来，一边用系衣袖的带子擦手一边应声道："章三郎，阿富说了不让你动那东西，你就别再拿了呀！那唱片机是阿叶姑娘的，她视若珍宝，很少借给别人，一个劲儿地说'坏了就麻烦了'，我跟她保证了许久，正是因为阿富想听她才忍痛借我的！你毛手毛脚的，又不懂怎么放置唱针，只是看过别人摆弄，就自己瞎试，要是真弄坏了又如何是好？除了阿富，不管是你爸还是我，都没碰过那东西！"

　　母亲口中的阿叶姑娘是叔父家亲戚的女儿。从十年前开始，叔父家渐渐殷实起来，章三郎家却越来越贫苦。时至今日，叔父在日本桥附近的大街上经营着一间杂货铺，生意很是兴隆。自从章三郎前几年考入文科大学以来，他的学费一直是叔父提供的。去年春季开始，阿富成了医院的常客，而叔父又承担了她的医药费。可以这么说，若不是他的慷慨解囊，章三郎一家恐怕难以维持现在的生活。大概在半年之前，阿富特别想听唱片机，就拜托母亲去找阿叶姑娘借。

　　"阿叶姑娘，冒昧打搅了，阿富最近每天都无所事事，一个人孤寂得很，她让我来问问你，能否借你的唱片机用几天呢？实在不好意思！"

　　阿叶姑娘爽快地答应了。尽管如此，她还是特意收起了自己最珍惜的几张唱片，譬如小三郎的《纲馆》和林中的《渡船》。接着，她非常详细地介绍了该怎么上发条，要如何放置唱针之类的事情，最后才把唱片机借给了母亲。

　　父亲下班回家，一看到唱片机就开始责备母亲："都说了别找人家借贵重东西，你应该劝劝她才对！如果弄坏了怎么办？明天还是还回去吧！"

　　面对小气的父亲，母亲没有退让："阿富想听，我就去问了问，借用一下也不是不可以啊！我又没有逼迫阿叶姑娘，阿叶姑娘也没说不借。"

"阿叶姑娘肯定是不好意思拒绝你才借给你的，再说，我们已经受了人家很多恩惠了，还去找人家借东西，真是不知分寸。"

"你这话是什么意思，你以为我愿意吗？他们要不愿意就别追着说要关照我们啊，还一直念叨是为我们好。要不是有人一直烦着我，我才不愿做这种丢脸的事情……"母亲一边痛哭流涕地念叨着，一边从袖口掏出皱皱巴巴的纸片擦鼻涕。与其说她是对没有自尊心的丈夫充满怨恨，不如说是在感叹自己竟然已经落魄到常常泪流满面抱怨的境遇。事实上，这一幕在章三郎家中几乎每天都会重复发生，每次吵架都会以母亲的痛哭流涕结束。只要母亲这一番话说出口，脾气暴躁的父亲就算怒火中烧，也都会瞬间偃旗息鼓，安静下来。

"再说了，全家人落到如此境地，只能住在这样破旧不堪的地方，到底是谁的原因？"听到这话，父亲更加哑口无言。

其实不管是母亲还是父亲，不管是妹妹还是章三郎自己，呱呱坠地时都不算穷苦之人。母亲出生于富贵家庭，自小衣食无忧，丈夫还是上门女婿，父亲是间室家的养子，从养父母那得到的财产也不算少。只是这二十年来家道中落，时至今日竟只能勉强度日。每次说到这件事，母亲都认为是父亲的不负责任才造成今天这样的境况。并不是说父亲过于放浪形骸、投机取巧，最终耗尽财产，而是父亲只知道继承祖业并恪守作为养子的职责，却没有留意到家势的日渐衰落，而且还好逸恶劳，这才落得个坐吃山空的地步。所以，一切都怨父亲没有远见卓识，也没有过人之处。

话已至此，父亲仍旧不自知，依然执拗地遵守上一代留下的规矩。他固执却怯懦，认为只要遵守道德，遵循做人的本分，其他的好与坏就听天由命吧！只有在母亲怒气冲冲地埋怨他时，他才会心生歉意，耷拉着脑袋，脸上写满了抱歉。可作为争执的胜利方，母亲也没有获得什么成就感；她越是占得上风，父亲就越意志消沉，她不知道该如何是好，最后只能用眼泪平复心情，用絮语安慰自己。

最后，由唱片机引发的这场争吵一如既往地以父亲低头皱眉，母亲哭哭啼啼的场面落下了帷幕。

"没关系，我来吧。爸爸，从前在阿叶姑娘那里，我也常常调弄唱片机，从未出过问题，只要其他人不乱弄就行啦。"此时，病床上的阿富做起了这场争执的裁判。那个时候，她的情况还不算太糟，还能坐起身来研究唱片机。她把唱片机放在小桌上，而那张桌子的纸胎漆已经开始剥落了。在她的要求下，母亲每隔一会儿就帮她上紧发条，再由她来放置唱针，把唱片放到唱盘上。

四五天过去了，父亲终于忘记了那场争吵，开始一边小酌，一边专注地听起唱片来，还一边听一边说着："这是吕升[1]

---

[1]　吕升：净琉璃女演唱家。

的壶坂[1]，阿富再放一次吧，没想到义太夫[2]这样听也不错。"
父亲心情大好，好似他们之间的争吵从未发生过一样。母亲
也从箱子里翻找出三弦伴奏的《长谣曲》然后拿给女儿去放。

　　这样看来更像是阿富在用阿叶姑娘借给自己这个病人消
遣的东西来安慰着父亲和母亲，此时的她无异于一位专门摆
弄唱片机的手艺人。

　　每当夜晚来临时，那二十几张唱片便会反复被放进唱片
机里。自始至终，父母都在看着女儿放置唱针和唱片，却因
为害怕弄坏机器而不愿学上一学。可怜的病人只能撑着瘦削
的身子，披着厚重的棉衣，缓缓坐起身来，默默地转着唱盘；
父母则在旁低头观摩着，聆听着，这画面不管怎么看都让人
觉得离奇。每当这个时候，阿富的面容宛如正在施展法术的
女巫那般令人心悸，而父母则像是着魔了一般迟钝笨拙。那
小小的唱片机仿佛成了凡夫俗子眼中的神秘机器——富有灵
性却捉摸不透。

　　直到阿富病情加重，无法支撑自己的身体操作唱片机后，
那机器才终于被包裹了起来，搁置在了衣柜顶上。眼下，看
到莽撞的章三郎竟想就这样把它抱走，母亲和妹妹着实不敢
相信自己的眼睛。

　　母亲斥责着："章三郎，赶快放下！哪有人白天放唱片

---

[1]　"壶坂"是净琉璃戏《壶坂灵验记》的简称。

[2]　义太夫：净琉璃的唱腔。

听的，更何况你根本就不会用这个东西！"

"天底下还有不懂怎么放唱片的人吗？没关系，我只是拿到二楼去一下。"章三郎实在不能理解母亲和妹妹为什么会因为这个小小的机器而大动肝火。真是愚蠢至极，他心想。现如今，唱片机早就不是什么珍贵的东西了，还这么大惊小怪，真要害怕就不应该去借它。再说了，唱片机的主人也真是的，既然要借就别那么夸张，一直说什么"别弄坏了""发条不能拧得太紧了"之类的话，好像这个东西是独一无二的稀世珍宝。既然要使用就肯定避免不了会有磨损，若真的如此担心，就不应该买回来。这样一想，章三郎变得有些愤愤不平，一定要拿上楼去调试一下才肯罢休。

"妈妈！不能让哥哥拿走！哥哥，你如果就这么拆开包袱，会把灰尘弄到机器上的！"妹妹奋力朝母亲呼喊着，希望她能阻止哥哥带走唱片机，母亲也不想再多劝说，生气地说道："随他吧，想怎样就怎样，等你父亲回来一五一十地告诉他！作为一个大学生，整天游手好闲沉迷玩乐，不去上课只知道待在家里，实在太不像话！"

章三郎不顾母亲和妹妹二人的轻蔑眼神，慢悠悠地将东西搬到二楼窗边的桌上，准备研究一下这个机器要怎么安装。然而，母亲说得没错，虽然他总认为这东西十分简单，应该费不了什么工夫，但事实上他从未使用过，所以一碰就出了问题。无论他怎么拆卸或安装零件都无济于事，唱片机就是无法启动，像是在跟他闹别扭。他拆东补西，折腾了好一阵，结果不言而喻。

妹妹和母亲在楼下如坐针毡，母亲终于忍不住朝着楼上吼道："喂，章三郎，你做什么呢？你可得看仔细了！刚才信誓旦旦，现在又弄不好！你不会的话就不要乱拨弄，弄坏了可不好办，实在不行你拿下来问问阿富再弄啊！章三郎，别太过分啊！"

"嗯！"章三郎只说了一个字，心里越来越焦急，他绞尽脑汁想要让唱片机动起来，却不知道到底哪里出了问题，唱针始终不受控制地转着。屋里又闷又热，他叹了一口气，用手擦了擦额头上的汗，愤恨地看着唱片机，继而又悲伤起来，眼眶也湿润了。

"笨蛋，这有什么好哭的！"他默默地骂了自己一句。原本想在母亲和妹妹面前争口气，没想到自己居然这般手足无措，真是太丢脸了。只是，就算这样也不该掉眼泪，在地位低下的人面前，自己应该始终保持镇定才对。

此时，楼下又传来妹妹自大的念叨："哥哥真是的，无论爸爸妈妈怎么说，就是不听话！看来需要什么人严厉地告诫他一番才行，不然他总是这样没有自知之明。"

原本还在悲伤的章三郎，听到这话立刻感到了愤怒，那一丝伤感瞬间被不满与厌恶取而代之："真是幼稚！竟敢嘲笑我！谁要你教，与其那样，我不如直接把这机器砸烂！"

他接着又开始摆弄这台难以对付的机器。这一回，不知是哪里来的运气，唱针似乎很顺利地运转起来了，于是他便把写有《清元北洲·新桥艺伎小志津》的唱片放到圆盘上，机器就这样唱了起来。那是一首很受欢迎，听上去气势澎湃的乐曲。当一个娇媚的女高音唱响"彩霞映照衣纹坂，新年整妆街市行"时，章三郎双手抱胸，眉目间有了一分精神，而楼下两人也不再多言，空气瞬间安静了下来。

"哼，这下知道了吧，唱片机这种东西人人都会！"

章三郎顿时觉得心情很舒畅，不自觉地微笑着。他认为这是这段时间以来为数不多的开心事之一，于是兴奋地跟着音乐开始摇头晃脑、手舞足蹈起来。只是没过多久，当"柳樱巷陌，何时花落"一句落下后，那女子的声音便开始走调，圆盘缓缓停下，而他并不知道这是因为发条上得太松的缘故。他小心翼翼地尝试了几次，结果重新上紧发条之后，唱片机竟然发出牛叫一般的声音，一启动就会立刻停下。

"章三郎，你把机器弄坏了吧？怎么会发出奇怪的声音？喂，喂！"看来父亲不知何时已经回来了，在楼下冲着二楼开始大声地斥责起来。父亲听到这奇怪的声音，十分担忧，扯着沙哑的嗓子大声吼道："章三郎，机器是不是被你弄坏了？声音怎么那么奇怪啊？"说着就要冲上楼去找他。

"你别不懂装懂，别把机器弄坏了！听到没有，章三郎！你听听，全是怪叫声，是不是无法启动了？要是不会弄，就赶紧拿下来让阿富看看！"父亲满心忧虑地喊着，已经来到了楼梯口，声音沙哑得不行。

"这是因为机器太旧了才会发出声响，就算给阿富看也解决不了问题。"章三郎嘴硬道。他火冒三丈，更加粗暴地摇晃着唱片机，唱片机发出咯噔的声响来，他想，父亲肯定听见了，而且一定会开始吵闹。

果不其然，父亲的责骂还在继续："哎呀，唱片机怎么会咯噔响？到底发生了什么？你不知道怎么摆弄就别动，都是借来的东西，你那么粗暴对待，一点都不小心，真是拿你没办法！不要再动了！"

紧接着，更为猛烈的一声巨响传到了楼下。伴随着那"咚"的一声，章三郎没有好气地接着说道："这唱片机原本就有很多问题，本来就坏了所以怎么可能摆弄好。"

他虽然这样说着，但唱片机终究还是被自己弄坏了，该怎么解释呢？妈妈只能抱着这个坏掉的机器，胆战心惊地跑去日本桥，苍白着脸低声下气地道歉了："阿叶姑娘，真是对不起，这么珍贵的东西被我们家章三郎弄成了这样，真是十分抱歉。"这样一来，阿叶姑娘会怎么看自己呢？一想到这里，他更加慌张了，不再埋怨阿叶姑娘没有气度，而是逐渐看清了自己死要面子活受罪的恶劣本性。

站在楼梯口的父亲火冒三丈："一开始明明好好的！你自己粗暴地弄坏了，还赖机器不好，真是烦人！去日本桥还的时候该怎么说才好！"

过了一会儿，大概是阿富提醒了几句，原本渐渐透出无奈神色的父亲突然又问道："章三郎，是不是发条松了啊？阿富让你上满发条试试！"

"怎么可能嘛，我一直都上好了发条的。"章三郎一边回答一边想，反正这机器多半已经坏掉了，不如使劲拧一下试试。出乎他的意料，唱片机的圆盘竟然又恢复了刚才的顺畅，那美丽的女高音再一次弥漫开来。

听到美妙的音乐，父亲终于松了一口气："看吧，只是发条松了，根本没坏啊。"

"真是的，早问我不就好了？非要自己弄，真是固执啊！"妹妹得意傲慢的话语从楼下传来，让章三郎后悔不迭——早知道就把机器彻底搞坏，何必让那丫头有趾高气扬的机会。

唱片机倒是正常了，但章三郎心里却像打翻了五味瓶。他觉得很没有意思，而唱片机却播放得越发起劲，从清远到义太夫，再到长谣曲，各式各样的乐曲轮番上阵。"发条事件"成了章三郎的一桩心事，使他无法如往日那般慨叹自己的优越了。那些乐曲是令人沉醉的，很容易让人迷失自我，可一到他耳中，却立刻在他心中掀起波澜，引出一番自问："怎么能这样呢？你竟然为了争夺一个机器，就和父母、妹妹起争执，态度还那么恶劣，难道这世上就没有别的事情可以让你开心了吗？非要这样？"

最后，一种厌恶之情袭上心头，他不得不竭力摒除这些肮脏的想法。即使他内心不断责骂自己，也放不下面子，只能硬撑着。然而他已经对现在的事情感到厌烦，开始不断地更换唱片，每一张听上几句又取下，换上别的。最后一张是小桑的《千早振》，大概应该归属为滑稽喜剧。

"请进吧，金先生，……你说业平的歌曲听不懂？想来神代也没听过那首歌，龙田川……"唱片机传来了小桑的说话声，语速极快，怪语连篇，一下子就把章三郎逗乐了。在心里"嘿嘿"笑了几声之后，他马上又恢复了严肃的神色，仿佛是受了欺骗，立刻关掉了唱片机。

他觉得无聊至极，在房间中央躺了下来，只是一刹那的工夫，那常常不请自来的呢喃又一次出现了："小桑很厉害！"唱片机的零件四下散落，章三郎不管不顾地睡着了，直到黄昏来临。

二

"起来！"父亲站在床边用脚踢着他的屁股，粗鲁地叫他起床。他缓缓睁开眼，睡眼惺忪地看着父亲说道："一看就是没受过教育的人，就算是亲生的，也不能用脚踢孩子吧，真是没教养。"

章三郎很生气，在心里默想，父亲原本不是个粗鲁暴戾的人，变成这样恐怕都是自己的错。是的，父亲以前不是这么粗鄙冷漠的人，尤其是在自己的孩子面前。如今，尽管在妹妹、母亲，甚至其他所有人的眼中，他依旧是个老实可靠的好人，但在他的长子章三郎面前他却如同野兽一样凶狠。其实是因为自己太不尊重他作为父亲的尊严。每当对父亲不满时，章三郎都忍不住摆出脸色让他难堪，因此父亲才会用这样的态度对待自己。

"在指责别人之前，先想想自己是什么态度。受过高等教育的你若是坦诚一些，父亲也不会如此，感情也自然能好起来。"

实际上，章三郎不是不知道，如果自己能够对父亲语气好一些，温柔一些，也不会像如今这样。只是，道理归道理，真正见到父亲，或是在被责骂的时候，他总忍不住要拿出他固执的一面，不愿意顺从地听命行事。

当然，就算他看不起父亲，也不可能像对外人一样主动辱骂或者出手殴打，毕竟那是他的亲生父亲，他还做不出这样的事情，因此他才会心烦意乱。若是外人大骂或误会自己，他还可以还手或辩解，甚至绝交再不来往，而且内心丝毫不会产生负罪感。甚至遇见一个可悲、贫穷的外人，他还会心生怜悯，尽力帮助他。可事实并不如他想的那样简单，他只能束手无策。

章三郎拿父亲没有办法，并不是因为他要遵守伦理道德，而是他与父亲之间存在一种无法言明的感情——好像内心时刻都很痛苦，压抑、愤怒、伤感交织在一起，是"道德"这两个字无法涵盖，也无法解释的。甚至只要看见父亲，他就抑制不住自己愤怒的情绪，各种怨恨、不满齐齐涌上心头，这样的情况怎么也解决不了。可是每当看见父亲那苍老、瘦削的脸庞上露出阴沉、忧郁的神情，他都会心生不忍。所以，章三郎只能沉默，动也不动。一想到自己是眼前这个老人的儿子，内心就会不自觉地滋生出抵抗情绪，甚至全身血液都会凝固。

父亲偶尔也会将他叫到跟前不停地教育和盘问："你也老大不小了，二十五六岁还整日逃课不上学，究竟是想做什么？"在这种情况下，坐在父亲对面的他会选择只听不说。

"你已经是成年人了，心里有什么想法就说说，你到底打算怎么办？继续这么游手好闲下去吗？有什么话还是直说吧。"父亲用这样的语气和态度与他长谈，无论是几个钟头，他都不会有回应。

"说了你也不会懂。"当然，他只敢在心里这样回答。这个时候，他内心总会生出一种无人能理解的凄凉之情，更不愿意说一些谎话来宽慰老父亲。章三郎越是沉默，父亲越是暴躁，慢慢地就控制不住情绪开始骂人了。每当这时候，章三郎总以睁大眼睛、绷着脸，或者在父亲最激动的时候打哈欠等夸张的表情和行为来无声地表达自己的抵抗。

父亲大概也看出来了，恼怒地吼道："哼！你怎么这样不尊重长辈，与你讲这么多，你不仅一言不发，还总是打哈欠，不觉得丢脸吗？"

听了这些话，章三郎心里反倒痛快了一些，换句话说，他觉得自己那一系列无声的抵抗已经被父亲接受了，因而有些得意。总之，那就是自己想要的效果。

"你太过分了，我这么着急上火地问你半天，你却一句话都不说，不知道是真的太笨还是太顽固了。往后不许逃学了，更不许几天不回家在外面过夜。要改改自己的脾气和秉性，好好努力才是！还有，也不能再睡懒觉了，六七点就该起床！要是再不改正错误，我可真要对你不客气了！"父亲的语气从凶狠到无奈最后只剩哀怨，匆匆说完便走开了。尽管章三郎对自己的反抗效果很是得意，但见父亲眼中饱含着泪水，他也会反思，"哎，眼泪都要流出来了，为什么不能客客气气地说话呢？我为什么总要跟他对着干呢？"

这么一想，章三郎发觉一种悲伤之感涌上心头，很是压抑。如果父亲能再强势一些、冷酷一些，或许自己还不会这般难受。只不过这样的感觉最多不超过一天便烟消云散了。每天清晨被父亲叫醒时，内心又被从前的情绪左右，便毫无顾忌地继续睡到正午，或是逃离家门几天不归。

"想来自己是讨厌父亲的，既然如此，为什么不离家出走？和他吵上一架，断绝关系也可以，最好以后都别有什么关系了！这里又脏又乱，本就不适合居住，外面到处都是乐园！就算做个流浪汉，做个落魄鬼，也比现在这样快乐吧？"
他不是没有尝试过将想法变为现实，也曾下过好几次决心。
他把旧书卖了，借了一些钱，攒够了出走的盘缠，在外面流
浪了十几天。可是十几天后，他最终还是回到了东京，回到
了这间小破屋中。

　　人对养育自己的地方都是有感情的，这是灵魂深处的本
能反应，足以抵挡离家的冲动。"我没有家，没有父母、朋友，
什么都没有，只有自己，所以什么都不用在乎。"不管他怎
么游说自己都没有用，只能接受；不管那个地方多么不堪，
不管那里隐藏着多少悲伤和难过，终究能为自己提供一方落
脚之处。

　　每当想到自己不能归家，在外痛苦不堪也不会有人问候
一声；或是到死都无法再见到严厉的父亲，无法再见到生他
养他的母亲，章三郎的内心都会越发慌张。当脑海中的想法
发展到了这个阶段，他便无法控制心中的不安了。他想回到
八丁堀，回到那个简陋的小屋子和父亲继续争论下去。

　　父母极力控制自己的思想，在看清那层深深连在一起的
亲缘关系后，他害怕极了，开始诅咒了起来。他想离父母远
一些，但意志终究还是太薄弱，无法彻底舍弃亲情。

　　章三郎心里想了许多，而一旁的父亲还在一边不停地用
脚踢打着他的屁股，一边喊着："喂，章三郎，起来了！赶
快起来！就知道睡懒觉，唱片机也不好好收拾，就这样把零

件都散落在桌子上，快起来把它恢复原样！"

其实章三郎的意识早已清醒过来，但他还是微微睁眼看着天花板，故意打了个哈欠，接着继续躺了下去，就像是在做恶作剧。

"真是个孽子！让你起来你还睡！"父亲的怒火终于爆发了。他感觉父亲在拽他，拽得他手腕生疼，像是要脱臼一般。最后，父亲从胸前拿出一封电报戳着他的鼻尖说道："有封不知从哪里寄来的电报，是给你的，好像是说有人死了，你快起来看看。"

章三郎拿过电报，只是淡淡地回应了一句："哦。"电报的内容确实是他一位朋友的死讯。然而，他的第一反应是自己的电报被父亲擅自拆开了，尽管电报接收人写的是自己的名字。这种事情已经不是第一次发生了，近来他的电报多半都被父亲打开检查过。

"你和他是什么关系？应该有感情吧。"

"没什么感情。"章三郎可没有什么好态度，冷冰冰地回应道。

"不可能啊，没交情的人死了，怎么会给你发电报，到底什么情况？"

"不知道，我怎么知道原因！"

"怎么可能不知道，真是的，多问一句都不愿意回答。"父亲越来越生气，但最终还是念叨着下楼了。

　　章三郎看着电报上的内容，安静地思索了一阵子——今天早上九点，铃木去世了。其实这个消息对他来说，并不是太震撼或太伤感的事情。只是当他想起和铃木同学曾经相处的时光，会不由得感叹：这都是命啊，是命运开的一个玩笑。

　　铃木是个品学兼优的学生，很是聪慧，虽是茨城县的富家子弟，但却十分看重友情，是个很值得大家尊敬和羡慕的人。高中时期，作为文科生的章三郎和法科的铃木没有过多的交情，直到进入大学之后的那个深秋才开始有了更多的接触。因为要组织初中同学聚会，作为干事的章三郎负责筹措活动资金，因此便找同学们收取每人五日元的费用。那次活动定在伊予纹举办，那是个颇为奢侈的地方，尽管其他人有意见，但章三郎力排众议，还是坚持这样安排。

　　"每次都只交纳一日元的话，就只能吃便当、寿司，这可太扫兴了。这次大家都咬咬牙，出五日元，还能请个艺伎热闹一下呢，各位看怎么样？"章三郎骄傲地提出了自己的建议。人群中有些人很为难，但那些惯于吃喝玩乐的富家子弟以及某些在商店里掌权的二掌柜却很是赞同。那七八个人怂恿着章三郎说："好极了！一两日元的会费能搞什么聚会，要是五日元都拿不出来的话干脆就别参加了，拿得出的人聚聚就行了。自愿参加吧，就算只有七八个人也可以搞小型联欢会。在哪里举办都可以，比如龟清，或者深川亭，大家选个喜欢的地方，然后由你负责安排。"他们的话有些玩笑的意味。但不管是赞同的人，还是反对的人，都没看出章三郎是个连五日元都没有的穷困学生。

"那就定伊予纹吧，下谷那边我们常去，但柳桥那边平时去得少。"章三郎说的这些话，好像在告诉别人自己常常流连于那些地方一般，迷惑了人心，大家很快就达成了一致。

事情倒是有了一个定论，但章三郎心里明白，自己就是好面子逞强，根本拿不出五日元，而且也没去过那个地方。他早就在心里想到了对策：若是到了聚会那天还没有凑到足够的费用，那就假装病倒，如此便不用担心了。

这一天的傍晚，章三郎在本乡大道遇见了学生打扮的铃木。

"好久不见啊，间室君。"铃木穿着学生制服，戴着学生帽，他向来如此，一副干净整洁的样子。他正从学校往外走，在大学正门处遇到了章三郎，就和他打起了招呼。细想起来，那时的铃木脸色就已经不是很好了。

两人都要去三丁目的电车站，索性一起同行。沿着柏油路往前走，两人随意地聊着天。章三郎心里盘算了很久，到了一个十字路口，二人将要分别的时候，终于有些不好意思地开了口："铃木君，不知你能否借我五日元呢？"想着自己原本与他并不熟络，却厚脸皮地借钱，心中不免有些羞愧。

"我的确刚好有五日元，借给你也行，但下周五之前请务必归还，不然我会很为难。"

"请放心，我下周五前肯定还你。"

"好，请一定要及时还我。要不然我就陷入窘境了。"
铃木强调了一次，言语里带着恳切，同时把五日元递给了章
三郎。

"下周我无论如何都会还你。今天确有急事，我都没有
筹措的时间，实在太感谢了，那我就先走了。"章三郎说完
便昂首挺胸地走向了上野大街。

章三郎心里想："借到了，太好了，虽然不知道下周五
前能不能还上，但想来也不是多困难的事情，只要不闹到绝
交就行。哎，我为什么会有这么不堪的习惯呢？"

朝着上野大街方向走去的章三郎，一面欣喜自己有了会
费，一面又责备自己的虚荣心过于旺盛，为了一时的面子就
向人借钱，而且明知自己可能下周五无法归还。实际上，他
不仅因为自己的行为而后悔，更讨厌自己的这种性格。

一般来说，会为自己的行为感到后悔的人，都会慢慢悔
改，不再轻易犯错。但是，章三郎却十分了解自己，就算深
深自责都无法改变这种性格中的缺陷。假如再遇到同样的事
情，自己肯定还是会做同样的决定，以同样的方式欺骗铃木，
借到这五日元。若真有悔改之心，那就不去参加同学会，这
样的话借来的五日元也就不会被花掉，或者明天就还给铃木。
当然，这些念头并没有出现在章三郎的脑海中。

"铃木那边至少要到下周五才会催促，其间，我也能想

办法筹措一下。若实在没法子也不过是应付铃木个把月，丢些面子，再说，最差的情况也就是绝交而已。"他转念一想，立刻将所有的担心抛之脑后。

章三郎急不可耐地走向伊予纹，幻想着自己沉醉在艺伎的簇拥下，好不逍遥，禁不住又默默念叨："还好借到了。"

"我大概真是个没有道德之心的疯子吧！骗朋友的钱去买醉享乐，还能如此不卑不亢？最多不过下周五，铃木就会察觉自己受了骗，可自己为什么还这般有恃无恐呢？"他惊讶于自己不仅意志力差，精神上还有些病态，或许真的是个疯子。

还款日之前，章三郎还去过几次铃木的宿舍，只是从周三起，他便选择消失了。等到周五，他就躲在八丁堀二楼的家里。不用说上学了，就是去街上随便走走都不愿意。其间，时不时有一两张铃木的明信片寄来，大意不过是希望他遵守诺言按时归还钱财。他都当作没看见，毕竟自己根本没有能力，也并不想归还。

章三郎认定自己不是个有道德的人，同时也认定铃木与自己截然不同。"他应该不会揪着这件事不放，一直怀恨在心。他向来是宽容的人，不会凉薄至此，不会因为受骗而愤怒，就把这件事散播出去！"他将铃木想象成全力支持自己的那种人，期盼着这桩不雅之事能够稀里糊涂地过去。

然而，这件事最终还是被章三郎的几个朋友知道了。

铃木讨要不回自己的钱财，焦头烂额的他只能将此事告知了几个和章三郎高中同寝的室友，拜托他们委婉地帮忙提醒和催促。室友们听完事情的始末，也都厌恶章三郎这种卑鄙的行为。

政治科的室友 N 听闻这件事之后，惊讶地说："哎，连你这么好的人他都使用这种卑劣手段欺骗，难怪最近都消失不见了。"

"以前有段日子，他总拉着我到街上逛，但每当付账之时就躲开不见人，还向我借了十五日元，保证第二天归还，结果就消失不见了。真是上了他的当了！所以去年开始，他就没再来找过我。"工科室友 O 则讪讪地调侃道。

而法科的 S 室友则实在有些愤愤不平，说道："怎么你们都让他如此欺骗，却还能忍受？直接去他家说清楚便是了。你们若碍着面子，那我替你们去！"

N 之前就知道章三郎有这个毛病，却依旧与他来往，如今只有紧皱眉头说："他若有钱就不至于这般骗人了，虽然没去过他家，但我知道他住八丁堀的大杂院，很是穷困，我们又何必咄咄逼人呢。算了吧。"

此时，O 摸摸脑袋，还有些难为情地说道："说起这个，我想起去年冬天，因为太过生气，我便直接去了他家找他理论。那时我对东京还不熟悉，第一次去那种大杂院，里边小巷很多，非常不好找。最后走到后街，有人告诉我，'这附近只有间室先生的儿子在读大学。'我才得以找到他家。进去以后，果真如你所言，破败不堪又脏兮兮的，而那时候间室已经离家出走十天了，他父亲也在寻找他的下落，还反过来向我询问。我当时就不好意思地跑掉了。你说说，就他这样的情况，还老是说着自己常去找艺伎。"

"别说艺伎了，他连零花钱都没有，肯定是在撒谎、说大话。他也是奇怪，不做这样的事不好吗？我也常常会给他一些忠告和建议，但是每当看他无所谓的样子还是会心生同情，不愿与他绝交。也许他只有来我这里才可以无所顾忌吧。哎，人啊不能太重感情，否则就分不清好坏了。"N无奈地辩解道。

铃木听过三位室友的言语以后，对N说："麻烦你，若见到他，跟他说可以的话尽快把钱归还给我。我倒不是舍不得那五日元，只是觉得没必要因为这件事与他绝交。"

章三郎闭门一个月后，眼看着没有明信片来催促，估计铃木可能放弃了。他便来到了N的家里谈天说地。N照旧热情地请他吃火锅、喝酒，二人彻夜聊着。章三郎心中窃喜，看来铃木并没有向N说过那件事。不一会儿，他们二人都喝得有些醉了，一会说着文学，一会谈论着某个朋友，开始高谈阔论起来。

在将要送别章三郎的时候，N忽然劝诚道："唉，最近铃木心情很是不好呢。好像是说你有什么东西没还给他。如果钱不多就尽量想办法还给他吧，总是这样的确不太好呀。"

N猝不及防的这段话让章三郎紧张了起来，神情也变得有些卑微，说道："嗯嗯，一直都想要还他的，你若是见到他就说我这两三天就去还。"

"嗯，既然要还总得要向他说一声。他说寄了几次信，你一直没有做过任何回应，现在正在气头上呢！你最近怎么有了这种不好的习惯？S气得说要打你一顿。你可得小心点儿，事情闹大了就不好收场了。哎，兴许打你一顿还真能有点用！"

"好了好了，我知道啦！这事是我做得不对，但没必要一直说吧，就这样吧，你跟他讲后天就还给他。"

"真的？后天是吧？我还是没什么把握，铃木那里我就暂时不去说了，这样的话，就算你后天没还钱，也可以一样无所顾忌地来找我，毕竟一段时间不见你，我也会觉得无聊。"

"哪里哪里，会还的，一定会还的。"章三郎难得地认真表了态。他在心里发誓：后天之前一定要筹到五日元。

尽管章三郎此时在内心暗暗发誓一定要筹措到五日元，但到了归还日那天，还是在二楼窝了一天，看了一天的讲义，彻底把还钱一事抛之脑后了。

四五天以后，他再一次来到N家里，未等对方开口质问，倒是先发制人解释道："哎，铃木那钱还没还上，都是阴差阳错的事情，现在又来找你玩了。"

此话一出，就连章三郎自己都觉得实在是恬不知耻，做了无耻的事情竟然还能像没事儿人一样说笑，真是个讨人厌的家伙！他甚至怀疑自己在特定情况下，是不是会犯下大错，毕竟自己好像和那些罪犯差不多，都具备某些心理素质。

"嗯嗯，这种情况也在我预料之中。不过铃木是个很老实的人，你不还他的话他真的会很恼火，要是换作其他人也就无所谓了。"

"嗯嗯，放心，就这两天肯定会还的。"

"又是这句话！你要是再不还的话，S 想打你我也不会拦着！"

章三郎总是推托，N 也不厌其烦地劝诫着。两个人就这样你来我往好几次，铃木却始终没有收到那五日元还款。

时间一天天过去，到了五月，流行性感冒兴起，铃木也感染了，尽管他平时看起来很健康，也很注重卫生，可是心脏却十分脆弱。

当铃木被送到医院以后，来探望的朋友纷纷叹息着说："发高烧了，如果没影响心脏就好了。"

"唉，铃木已经消瘦得不成人形了，你还是去看看吧。"遇见 N 的时候，N 这样劝章三郎。

"哎，实在是我的心脏也不好啊，怕被传染了，不然我也很想去看看他。"这些天的流感已经让章三郎神经过敏了，非常害怕也染上这种病，这个念头就像一个赶不走的恶魔纠缠着他。另外，他的心脏的确也不是很好。

"说不准我们已经感染了，毕竟去了那么多次，而且铃木看起来离死也不远了吧。"

章三郎赶忙止住 N 的话，显得有些激动："这话可不能乱说，若是真应验了着实会有些不舒服。"

"前阵子，铃木还与我们一样健康，意气风发的样子还在眼前，如今却即将从地球上消失了。"想到这里，平日里毫不在意的那个"死"字却变得异常沉重起来，一片阴霾飘进了章三郎的心里。那句脱口而出的"离死也不远了吧"，偏偏掷地有声，将这个"死"字重重地砸向了章三郎。

至于那五日元的事情，两个人都闭口不谈，可章三郎心里总有些不是滋味，"铃木死了，所以你的债自然就了结了，违背道德不守信义的事情也就过去了，你也就不再有负罪感了，对吧？"这一切既像是命运的安排，又像是嘲讽。

不会有人催他还钱了，双方都不曾忘记的一桩事，也不会再被提起了。可是，章三郎始终觉得很难受，很不是滋味。

"你一直拖着不还钱，现在铃木已经不行了，如此说来，你借钱不还的事情也就烟消云散了，怎么样，感觉不错吧？"他似乎听到了命运之神在戏谑地问自己，嘲讽道，"欠下的钱，总算有办法解决了！"

总之，赖账这件事就这样解决了，章三郎还是老样子。虽然这样的解决方式是以铃木的死亡换来的，但比起他活着而章三郎受尽友人责骂和背负无法偿还的债务来说，这已经很好了。铃木凄凉的结局，对章三郎来说，是幸运的。

初夏时节，章三郎躺在二楼的破屋内望着窗外的天空，偶尔会想起此时正在医院里垂死挣扎的铃木。即使自己从未去探视过，他也能想象到病房中那凄惨的场景。从去过的友人口中得知，原本朝气蓬勃的少年，如今躺在病床上，骨瘦如柴，苍白的额头上还放着冰袋，心脏微弱地跳动着，一旁还有护士往他嘴角上滴葡萄糖。病房里充斥着一种奇怪的药味，而围在床边的亲人，还有来探望的好友，都低头沉默不语。此刻，所有人才发觉眼前的病人是多么伟大，普通人无法探知的关于"死亡"和"灵魂"的秘密，皆对他开启了。一瞬间，病人就被推到了智者的位置上，被人所敬仰。

除了想象这种肃穆的场景，章三郎还试图去想象发着高烧的病人在与病魔做斗争时会说些什么，脑海中又会浮现出什么画面。在生死间徘徊游离时，眼前会出现何种记忆碎片呢？病人还会一直记恨着欠债不还的人吗？会说"我就是死了也得找间室把钱要回来"这样的话吗？想着想着，章三郎觉得有些惊悚，若是逼得病人说出这样的话，还不如当初直接把钱还给他。章三郎一直想，"人之将死，其言也善"。而铃木品行端正，是个谦谦君子，应该不至于记恨至此吧。他承认自己很自私，想着铃木应该会说"间室的这个毛病自己也没办法改掉，他也挺可怜的"这类话，然后原谅他。总而言之，为了让自己内心好过，为了让病人不带着这种憎恨离世，章三郎只能祈求他保持高尚的品格，微笑着死去。

尽管章三郎害怕去病房，但他一早就和N商量好，如果铃木离世，请N通知他，他想去参加铃木的葬礼。而此刻，N正是遵守约定发电报来通知他。

"终于走了，我的朋友，我的债主，终于永远地走了！"尽管知道这是非常无情的念头，但章三郎却还是在心底这样想着。很奇怪，他的第一反应是自己终于可以不再提心吊胆，能够睡个安稳觉了，而不是对亡友的悼念。

三

昨天，铃木永远地离开了人世。今天一早，他的家人和四五个身穿大学校服的朋友一起把他的遗体护送到日暮里的火葬场。正午时分，他们拖着疲惫、饥饿的身体，顶着烈日回到了本乡森川町的公寓。大家聚集在N的房间里躺下，一动不动，连吃饭的力气都没了。

"哎，累死了，这样炎热的天气，我感觉自己也快死掉了……"工科的O用略带慵懒的声音说。他一边说一边脱掉校服上衣，用手帕盖着脸，就这样仰躺下去。

N比他也好不了多少，光着的肩膀上能够清晰地看到汗水流淌下来。N说道："我们一群人都去乡下着实有些令别人为难，可以派个代表去。我看看明早几点的火车，我就送到车站吧。"

法科的 S 倒是十分热忱，也很认真："我是准备一直送到乡下的。虽说可以派一个人做代表，但东京的朋友能多一个就多一个，这样铃木的家人应该也会更欣慰一些吧，就这样做吧。"

说话间，躲躲藏藏了两个月的章三郎严肃地走了进来，道貌岸然地出现在大家面前。愤怒的 S 立刻转过头去，脸色瞬间变得很难看。

"唉，真是抱歉，好久不见……"章三郎看起来一脸的懊丧，边说边朝众人鞠躬致意，这样做对同学来说委实有些过于郑重了。原本躺着的 O 懒散地动了动身体，没有说话，只是点头回应了一下。不管别人怎么想，章三郎自认为自己的这句"好久不见"是在为这段时间的消失以及此前不道德的行为表达歉意，尽管大家目前都还心存芥蒂，但好歹也都回了礼，他对此理解为大家接受他的歉意并且原谅了他。

为了化解眼前略显尴尬的场面，N 打着圆场说："昨天的电报你收到了吗？"

"嗯嗯，谢谢。我就是特意来问你，葬礼什么时候举办呢？"

"葬礼要在乡下办，我们正商量着派 S 作为代表去一趟，其他人明早十点在上野火车站集合，把骨灰护送上车。"

正说着，O 突然坐立起来，表明自己也要去乡下。

　　N 若有所思地说："我看你是有别的企图吧？是不是因为铃木的妹妹才突然说要去乡下的？今早在火葬场，你拉着人家恭维了好半天，那种场合也能献殷勤，真是服你了。"

　　听到这番话，S 也笑了起来："铃木的妹妹确实很漂亮。铃木活着的时候就说过他有个妹妹，只是没想到长得这么漂亮。说实话，我也很想看看那女孩身穿绣着家徽的白色罗纱和服在送葬队伍里哭得两眼通红的模样。"

　　"真是的，铃木在世的时候，你若好好向他提出来娶她妹妹，以你的家庭条件，他父母定会赞同的。"

　　O 的神情里带着几分真挚和惋惜，"唉，真是遗憾。"

　　"哎呀，现在也来得及嘛。况且我们是他哥哥的友人，他家人会相信我们的心意的。就这么决定了！到乡下我也要和你争抢铃木的妹妹。一个人做代表的话，路途也太寂寞了。"S 也高兴地说道。

　　平日里，每当聊及与女人相关的话题，章三郎都会滔滔不绝，特别兴奋。今天或许是认为自己连竞争的资格都没有，所以保持沉默。且不说道德品行，就家世背景来说，章三郎和铃木的妹妹就门不当户不对。除了原本就生在贫穷人家的女孩，怎么可能还会有人愿意下嫁到那样的家庭。

　　章三郎越发开始嫉妒眼前这三人的家境。他们至少有资格迎娶有钱人家的千金小姐，收获幸福美满的婚姻，那是他羡慕不来的。自己若是生在这样的家庭，便能够随心所欲地学习，又怎么会做那些违背道德的事情。假如自己也生在富裕之家，就不会受到朋友们的疏远和轻视。自己和那些人之间，最大的不同便是家境。若是有钱，博学聪慧的自己又怎么会输给他们？更何况，自己本就有着异于常人的头脑和艺术天分，而那是他们永远也得不到的。

章三郎内心暗暗想着："哼，就算被排挤，我也要闯出一番事业，你们就等着瞧吧。"

N 看他总是一脸阴郁，心生同情，于是转头问道："对了，你妹妹的病怎么样了？好些了吗？好像已经病了很久了。"

"唉，没什么起色，也许没什么希望了，时日无多。"妹妹的话题让章三郎重新找回了几分生气，他望向三人，煞有介事地表露自己的悲伤和担忧之情，语气中充满了沮丧，显得可怜兮兮。

果然，O 的语气温和了许多，开口问章三郎："究竟是什么病？"

"是肺病。"说完这话，他顿觉轻松了许多，甚至有些愉悦。

N 在旁边直接冷嘲了一句："老爱关注别人的妹妹，你就这毛病。"

"听说间室的妹妹和他很不一样，长得很漂亮。从古至今，患上肺病的女子似乎都很貌美，虽说没见过，但想来的确如此。二八年华、心灵手巧的东京姑娘，和铃木家妹妹有得一比，也可能更好。凭借你的交际能力，倒是可以去间室家打探打探，怎么样？"

"算了算了，不管有多美，要是肺病就待病好了再去吧！"

"虽说夸耀妹妹的外貌实在很奇怪，但那脸型也的确很特别。若是妹妹好起来了，我让她做艺伎，O还会喜欢吗？不过，她的确是个好女孩。"其实，章三郎从未想过，如今骨瘦如柴的妹妹，容貌究竟有多特别，又怎么可能做艺伎。只不过他此刻想要借用这件事说一番有趣的言论，来让友人忘掉自己当初的罪过，不再讨厌自己。

S大笑着说道："哈哈哈哈！毕竟是间室的妹妹，做艺伎的话一定不差。那就让铃木妹妹做妻子，间室妹妹当妾吧。"尽管这番话里夹杂着嘲讽。但在场的所有人都因此开怀大笑，气氛变得轻松了不少。

"连想揍我的S都笑得这么高兴，过往的事情应该烟消云散了。如此谈论亡故的铃木与濒死的妹妹，居然能让朋友忘却对自己的愤恨，想来多亏那两个灵魂的搭救。如此便好，这样就足够了，看来人不可能一辈子仇恨别人。"想到那三人已经被这些刻意编造的话语吸引住了，章三郎心中泛起了一丝欢愉，索性抓住机会，讲起了低俗的笑话，逗得三个朋友开怀大笑。

"一段时间不见，间室依旧这样有趣呀。哈哈哈！哈哈哈！"S的话语像极了正在看戏的客人，可章三郎一点儿都不在乎，随即又开始显露出自己的劣根性："哎，肚子早就饿了，午饭也没吃，能否让我吃点牛肉啊？"他的内心还是有些担忧，说这话的时候依旧谨慎地打量着所有人的表情变化。

"别说得那么惨兮兮的。就算你不催也有吃的，我们都还没吃饭呢。"

"话虽如此，我都好几天没吃肉了，就请我吃顿牛肉吧，实在是想念得很呢，要是有啤酒就更好啦。"

"同意，同意！N，间室都这么说了你就来半打啤酒吧，正好我也想喝啤酒了，哈哈！"章三郎自嘲式的说法让 S 和 O 都忍俊不禁。

"相处下来感觉间室也不是心思那么坏的人嘛。大概就是懒惰、放浪形骸了些，所以失信于人，不过这样看来也挺惨的。对于这样的家伙，只要别借钱给他，应该就不会影响平日的交往吧。"在嘲笑章三郎的同时，他们好像都遗忘了之前对他的厌恶，对他有了新的认识。

其实，章三郎并不奢求与他们有多么深厚的情谊。他知道自己过于自私，算不得道德高尚之人，从来没有觉得交友是多么有价值的事情，因而从没想过，自己能交到人生挚友。首先，章三郎一直认为，交友不必真心相待，他也没有与别人分享真实感情的欲望。换句话说，他心底可能确实存在认真执着的情感，但只会在未来的某一天，通过诗歌、小说等艺术形式表达出来，而绝不会是对着某一个人倾情相告。虽然隐约明白自己对艺术的向往，但只要与人侃侃而谈，便不自觉地说些低俗的、夸张的、流于表面的笑话。连他自己都看不起这样的自己，认定自己不仅庸俗，还失去了身为男子汉的尊严和羞耻之心。

其实，无论是友人还是世上的任何人，都不能同化或影响到自己。在章三郎看来，他们之间的交往不过是一种表面的客气，自己从未想过因为他们的影响而变得高尚伟大起来，也从未在乎过他们是否幸福快乐。他们的社会地位、信仰与自己没有多少关系，而且对自己的艺术天分也没有任何帮助和提升。

事实上，人与人的相处之中，唯有恋爱关系，对于章三郎来说可能还略微重要一些。只不过这份感情也仅限于肉体的感官上。就像人对衣食住行的追求一样，恋爱对他来说也只是在追求肉体上的愉悦，与灵魂、人品等都毫无关系。若是有一天他因爱而死去，也不过是自己贪恋身体的欢愉，绝不会为了恋人而牺牲。换言之，他不仅缺乏对孝义、友情等所有道德情操的感知能力，同时还无法理解，也无法感知拥有这些情操的人怀着什么样的想法。

不过，他倒并非人们口中常提起的那种"愤世嫉俗的青年"。他憧憬与世隔绝的孤寂生活，又贪恋推杯换盏的浪子生涯，这两种性格交织在一起，不相上下。因而若是十天半月不与朋友相见，他便会觉得寂寞无聊，想要出去花天酒地，甚至找个人捉弄一番。

　　每当还不上借款的时候，他就会突然失踪，要么躲在八丁堀二楼的那间小破屋中，要么去外地流浪几日。在这段日子里，他坚信自己是个天才，总有出人头地的一天。在无须偿还欠款之后，或者说当那些负面传闻被人遗忘之后，他又会迫不及待地去找 N 或 O 玩乐，毫无羞愧地去他们家里，全然不在意那些流言，厚着脸皮让他们请自己吃饭，或者跟着他们去看艺伎表演。朋友把他当成酒桌上必不可少的"小丑"，还授予了他"格言大师""逍遥浪子"之类的名号，这使他兴奋不已。

　　所以，章三郎与朋友之间，永远都不会深交，只能算是喝酒吃肉的狐朋狗友。还有人高估了他的品行，主动要与他交往，反倒使他有些不知所措。总而言之，他交朋友的准则就是"我是个以自我为中心的人，信用极差，憎恶的人远离我即可。但我同时也是个很会说话、逗乐的人，若是觉得我有趣又不在乎我的诚信问题，也可以试着交往。"

　　次日上午十点，铃木的遗体火化，骨灰被装在一个十分狭小、不怎么显眼的瓶子里，从上野火车站被送回乡下的老家。月台上，大约有五十名学生聚在一起，隔着车窗为他送行。

　　铃木操着乡下口音的父亲向在场的所有人表达谢意："十分感谢各位从前对犬子的照顾，今天又劳烦你们特意赶来送行，实在是心有歉疚。"在他身后是铃木的漂亮妹妹，她也向所有人鞠躬表达谢意，看起来很文静。

与其他人一样，章三郎也受到父女二人的感谢。"十分感谢各位从前对犬子的照顾"这样的话，让章三郎觉得自己不能仅用"别客气"之类的普通言辞来表达内心的歉意，于是刻意多说了一句"没有没有，我很抱歉"。说着，他偷偷瞄了一眼装骨灰的瓶子，有些难为情。

在那五十名送别的学生里，不乏章三郎的债主。这些债主恨不能捉住他暴打一顿，但都怀着对死者的敬意，在这样的场合下没有撕破脸与他争吵。这让他产生了一种错觉，自己是清白的，而友人直至逝去似乎都还在帮助自己。

四

梅雨时节的天空总有些阴沉沉的，直至傍晚才渐渐明朗起来。夕阳从窗外缓缓投射进来，照得二楼的房间明晃晃的。章三郎和平常一样，伸展着身体呈大字形躺在床上午睡，就算满身大汗也不在乎。忽然，有人上到二楼，踩得楼梯嘎吱嘎吱响，急促的脚步声将他吵醒。

他隐隐听见父亲用沙哑的声音说道："我们没有钱，没办法去医院，这也是无可奈何的事啊！"父亲一边说着一边走进了房间，母亲跟在后面，哭得让人不忍直视，甚至有些失去理智。

他们一向如此，只要有不能让病人听见的事情，都会上二楼来轻声交谈。章三郎的意识尚未完全清醒过来，还有一些迷糊。母亲好像在试图说服父亲做什么事。紧接着，他听见母亲像个少女一样哭泣，带着浓重的鼻音说道：“那你就去日本桥恳求别人帮忙好不好？人命关天，身为父母不送她去医院实在太过狠心了。”她咬着衣襟的布边，样子甚是可怜。她害怕女儿离世，这样的哀伤让她的思维变得有些混乱。

“怎么就狠心了！你别又说这种话！力所能及的事情我们不都做了吗？”父亲的声音很低沉，似乎已经预感到会发生令人不快的事情，他神色忧郁，继而又放低了音量：“再说，我们已经倾家荡产了，结果也没什么用。医生都不确定这孩子能否挺过梅雨季。我们又能做些什么呢？就算心痛也只能认了。这就是那孩子的命运啊。”

面对父亲温和的劝告，母亲依旧执拗地摇着头，像个不死心的孩子：“河村的阿照，当初不也是因为去日本桥恳求就被送到医院了吗？反正不送去医院让医生好好检查一下，我是不会相信的！我不能因为别人的几句话就放任不管了，这还配为人父母吗？”

“谁没有管？我们没管她吗？芳川先生不是每天都会来看阿富吗？怎么能叫放任不管呢？”

“芳川就是个庸医，什么都不懂。”

“芳川医生是医学学士，这里的人都十分信赖他。你不要胡言乱语，这么不知好歹！”或许是看到母亲太过伤心，为了不再火上浇油，生气的父亲换回了温柔的语调，好言相劝：“阿富从小不管有什么病痛都是在芳川先生那里看的，他更了解阿富的病情，既然他都说了治不好，不管请哪位医生都是徒劳的，只能说阿富的命不好。明明知道无法挽救，还是要送去医院，尽最后的人事，那是富人才能做到的，我们是勉强不来的。”

“妈妈！妈妈！妈妈！”就在这时，从楼下传来了阿富的叫喊声，母亲只得先把这场谈判放到一边，慌忙擦干眼泪，应道：“来啦！来啦！”

“你看，阿富这么快就发现我们上二楼了，赶紧擦干眼泪下楼去吧，别再这样哭个不停了！”

阿富还在楼下叫喊着，“妈妈，你们都上楼了，我好孤单啊！”

母亲终于还是哽咽着下楼了。

父亲则看不惯章三郎懒洋洋的模样，又开始吼叫起来：“快起来！喂！章三郎，不要再睡了！”

而早已清醒的章三郎此刻正想着，父亲真是个可怜的老头，妻子逼迫他，儿子鄙视他，女儿也快要离开他了。然而这少有的怜悯，都随着父亲踢在他屁股上的那一脚烟消云散了。章三郎干脆装睡，与父亲僵持了好一阵子，直到实在无法接受父亲踢在自己身体上的脚掌，才不得已睁开眼。

父亲在一旁责骂道：“怎么还是改不掉睡懒觉的毛病，真是厚颜无耻。阿富晚上的药没有了，你有睡觉的工夫还不

赶快去芳川先生那里帮你妹妹取药！妹妹生病竟然一点儿都
不知道帮衬一下。"

"那你还是做父亲的呢，儿子的学费也不知道帮忙解决
一下。"照着父亲的口吻，章三郎在心里暗自说道，就像是
在故意岔开话题一样。

次日，夫妻俩为了同样的问题跑到二楼继续争吵。母亲
仍旧哭哭啼啼："实在不能送进医院，就请护士或用人照看
一下吧。家里所有的活都是我一个人干，还要照顾病人，实
在是有些分不开身。你别总是念着'穷，没有办法'之类的，
我真是受够了……"母亲照旧说着以前的陈词滥调，父亲已
经习以为常，只是紧抱双臂微微叹气，对母亲的唠叨充耳不闻。
大概他也厌烦了母亲总以老眼光和老思想看问题，又总是如
此任性吧。

"两个人总是吵来吵去的，不如直接离婚来得痛快。有
这样的父亲和母亲，往后的日子只会更穷、更难！"作为旁
观者，章三郎只觉得这一切既可笑又悲哀。其实，在他看来，
家里落魄到今天这个地步，不全是父亲的责任。若是换作自己，
大概会对母亲直言不讳："我现在这么穷，都是你做得不够
好。"事实上，父亲要更聪明一些，他默默忍受了这一切。

尽管母亲总是念叨家里的活都是她一个人干，既要做饭，
又要照顾阿富，但事实上，她却总是偷懒。阿富病入膏肓之前，
她从未做过一次早饭，也根本不会做，完全不像这个家的主

妇。可是，每当父亲说"主妇不做饭，这哪能行"之类的话时，她就会满脸不屑，扭过头噘着嘴说："好，都是我的问题！我做不来家务，也学不会。毕竟我从没想过有一天竟然落魄到要自己煮饭的地步。"

所以，每天黄昏时候，父亲归家也不得闲，还得赶忙淘米做饭。每天清晨，母亲和一双儿女还在熟睡时，他就已经站在灶台前，吹着火竹筒开始生火，再用钵盛出锅里的饭，而母亲总是等到酱汤要煮开时才若无其事地起床。做完那些事之后，父亲匆匆忙忙吃上两口，给自己装好饭盒，就急急忙忙地上班去了。父亲已经在越前堀的运输社里做了四五年的运输经理。

妻子不鼓励丈夫上进，丈夫也管不了妻子，两个人打算就这样浑浑噩噩地过下去，只求无灾无祸，而从不去想如何改变如今窘迫的生活境遇。他们只会不断地怨恨命运不公，既没有想过努力奋斗，也不愿意自我了断。

家庭的境况让章三郎不由得开始担心自己的未来："往后我进入社会，也会这样忍饥挨饿，受苦受罪吗？想要过上温饱的生活，就这么难吗？"

在这个家里，母亲任性、父亲软弱，而自己作为他们的儿子，章三郎承认自己继承了父母所有的缺点。尽管他总是认为自己是异于常人的天才，但从不去开发自己天才的能力，只会贪图享乐。平日里除了睡觉、闲逛、就是喝酒吹牛，他的惰性和虚荣心以及意志力的薄弱程度，比起父母来有过之而无不及。

　　照这样下去，他一定会陷入和父母相同的惨淡的命运中。现在他就感觉到这样的命运已经慢慢向他逼近。"我必须立刻振作起来，想要成功，现在就得努力！"章三郎忽然醒悟，准备立刻行动起来，他打算前往上野的图书馆或者学校的图书馆，将稿纸铺在桌上，拿起笔沉思个两三天。

　　可事与愿违，长期的松懈和浪荡的生活，已经让他的大脑无法集中精神，变得木讷起来。因而，阅读也好，写作也罢，他的专注力总是保持不了多久。前一秒想到要写的内容，后一秒思绪就散发开来，脑海中逐渐浮现出各种纸醉金迷、滑稽可笑的享乐场景。他一时分不清这是梦境还是现实，即使没有大麻或鸦片对大脑的刺激，也会看到那些奇奇怪怪的妖艳舞姿、血淋淋的犯罪情节，还有匪夷所思的魔术表演，在他眼前变幻闪现。

　　与此同时，章三郎逐渐变得暴躁、善忘、喜欢自言自语，这些神经衰弱的症状每天都在反复出现，而且还在逐渐加重。"我会不会猝死？"自从铃木去世以后，章三郎就常常这样想。他变得心烦意乱，总是强制要求自己去做一些事情，时间越长，他的神经就越紧张。他害怕死亡的到来，所以对脑出血、休克等急性猝死的病症特别敏感，总觉得自己随时都会染病而去，每天总有五六次因为想到这些而感觉四肢麻木。例如，在街上闲逛时，胸口突然隐隐作痛，他便赶快迅速地奔跑起来，跑过至少五六个街口；若是在电车上有脑充血的感觉，他便立刻下车；甚至午夜时分还会突然掀开被子，冲到楼下用冷水让自己清醒。出于对死亡的畏惧，他总是心神不宁。有时，他会突然脸色发白，整个人哆嗦得一夜难眠，直到清晨太阳升起，在阳光的照耀下他才能安心睡去。

章三郎深知自己的病痛无药可治，也不知能向谁诉说内心的恐惧与苦闷，更不知道有什么办法能够驱散病魔。

"请医生救救我吧！我实在是害怕得不得了，我可能马上就会死去。"若是他向医生发出求救信号，恳求他救救自己，一般的医生大概也无能为力，只能说几句话来宽慰他："你的身体没有任何问题，放宽心，不要害怕。"

偶尔可能会遇见一位眼明心亮的医生，能看出他肉体之外灵魂深处的疾病，但是医生肯定会冷笑着骗他说："嘿，你病得不轻，作为医生，我也没有好办法，你自小就太过放纵，没有善待自己的灵魂，眼下这一切都是你的报应。我知道你的情况，生来就有精神问题，医生和上帝都抛弃了你，对不起，我实在无能为力。"

其实，章三郎很清楚自己的病因，对医生的宣告毫无兴趣。对于眼下的情形，他只能在失落和懊悔之中反复纠结。

一方面，他的内心低语："这是上天对你的惩罚，没有谁能阻挡，而你若是一直这样狂妄下去，是无法干出一番事业的。即使如此，你也不想去努力改变现状吗？"另一方面，他又回应低语："这难道是我的问题吗？是谁造就了这样一个天生性格中充满缺陷、只愿追求罪恶、总喜欢逆天而行的我？这样的我，凭什么要因为违背道德的行为而受到惩罚呢？"

章三郎竭尽所能想要赶走死亡的恐惧，寻求生存的希望，所以他一定要对抗所谓的来自上天的惩罚。即使他目前处于如此悲惨的境地。但不可否认的是，他生在这个纸醉金迷的世界，四处都是恶魔的幻影。他想，他不可以就这样过早地死去，毕竟还没用自己的肉体和感官去好好感受这个花花世界。这感觉就像嗜酒如命的人绝不会放过酒杯中最后一滴美酒，甚至无论如何都要再喝下一杯酒一样。

实际上，章三郎心里很清楚，自己永远无法把这心魔驱逐出自己的身体，他只是希望能够借助外力短暂地忘却痛苦而已，毕竟那深深的恐惧感只要一出现，就会让他寝食难安，只想要借酒消愁。就算知道酒醒后病症可能会更严重，但至少眼前的痛苦可以得到缓解，当下的恐惧可以得到释放。

渐渐地，章三郎开始相信，酒能缓解一切痛苦，只要有酒喝就没有什么可害怕的。对他而言，酒比饭更重要，因为它能让自己心理上放松，如今他每晚不喝酒就无法入睡。经济宽裕一些的时候，他会买一小瓶威士忌随时携带；拮据的时候，只要是含酒精的东西他都不挑剔。他还曾试着偷钱去买烧酒喝，甚至有时连厨房的料酒都不放过。

"料酒这么快就见底了，真是想不通，是不是章三郎半夜偷喝了？绝对是他。"母亲不知何时发现了料酒的问题，与父亲讨论。

父亲仍旧有些怀疑："哎，料酒怎么能喝呢！假如是他干的，那就麻烦了，料酒喝了会伤身。不过好办，今晚把料酒瓶子藏起来。"

当晚，章三郎如往日那般走进了厨房，但找了半天也没有找到料酒瓶。他反应过来，走到一楼房间外，从隔扇缝往里瞧，果然，父亲把料酒瓶放在了枕头边上，挨着烟灰盘。父母一左一右挨着阿富，时而打鼾，时而张嘴，睡得很香。说来奇怪，辛苦的父亲和爱哭的母亲向来如此，一沾枕头就能睡着。章三郎警惕地看了看妹妹，脑海中蹦出一个想法，她有一天真的会像大理石卧像一样安静地长眠。章三郎没有遇到任何阻碍，他从枕边拿到了料酒瓶，然后走进厕所，一边皱着眉头忍耐那难闻的气味，一边大口大口地把料酒喝进肚里。

就这样过了五六天，一天晚上，夜深人静时，章三郎悄无声息地进入一楼房间，在昏暗的灯光下，遍寻不到料酒瓶的踪迹。

他一边念叨着："准是又被他们知道了，所以故意藏起来了。哼！"一边低头观察着床上三人的模样。父亲依旧在打鼾，双颊深深地凹陷进去，好像能看穿眼窝，那满是污渍的睡衣下是干瘦的腿脚，这模样活像个饿死鬼。母亲的样子则要好上许多，她肌肤白皙，两手平摊，张大着嘴巴睡得比较安稳。看着白日责骂自己的父母如今安静地沉睡着，这模样仿佛在说："救命啊，章三郎，这世界虽大，但也只有你能救我们了，作为我们的儿子，你就拿出点孝心，替我们想一想，可怜可怜自己的父母吧！"

那时有时无的呼吸声像是在哀鸣，又像是在控诉世态炎凉，令章三郎顿生悲哀，随即又开始厌恶自己："这样悲惨的父母，我为何总是与他们争吵呢？这世上或许再没有比我更薄情寡义的人了吧，所以我才会被上帝和医生抛弃，是这样的吧？"他这样想着，不由得双手合十，祈求父母的原谅。

突然，不知道什么时候醒来的阿富，照旧用那清澈的双眸盯着章三郎讽刺道："哥哥，你又来偷喝料酒吗？这次你找不到的，已经被藏好了。你怎么会像老鼠一样偷吃……"

病人的声音虽然很虚弱，却有着振聋发聩的效果，让章三郎呆滞了好一阵子，直到他终于忍受不了，将所有的厌恶与憎恨统统发泄出来："你这死丫头，也别太自以为是了！你看看你自己，终日只能卧躺，脚不能站，嘴却还是那么毒。真的是，我看你可怜兮兮的，同情你才不和你一般见识，你倒还教训起我来了，管好你自己，别让人为你不停地忙碌操心就好，还有心思管别人。傻子！"情绪的爆发让他有些控制不住自己的言语，当他意识到自己说了什么时，转而匆忙结束话题。

只是那双清冷的双眸，仍旧凝视着他，阿富淡淡地说道："我明白，哥哥没说完的话——反正我也活不久了。"

五

那段日子，为了去见一个妓女，章三郎开始疯狂地筹措嫖资，只因为这个女人能听从他所有的要求。他编造各种理由，如购买教材、交学费等骗取亲戚的钱财，向那些难得重建友情的朋友借钱，甚至还卖了自己借来的书籍，用这些钱财去水天宫后巷寻欢作乐，沉沦于那虚幻的世界。

深夜一两点时，喝得烂醉如泥的章三郎才回到家里并猛敲窗门。父母都被他吵醒了，父亲总是大发雷霆朝他吼道："这般粗鲁会吓到你妹妹的。像你这种不孝之子最好永远别回来了，在外面自己找地方吧！"

章三郎听到父亲这样说继续猛敲门，还不时地踢几下门板。待父亲开门后先把章三郎推开，再冲着他的太阳穴揍上一拳。这样的事情在这段时间反复发生着。每当这时，母亲就会上前阻止父亲，同时劝诫章三郎："还愣着做什么，快道歉！"

就算到了这种地步，章三郎也没想过要低头认错。父亲气得暴打他时眼里还满含泪水，母亲则奋力分开二人，再将父亲拖回房间。章三郎就这样僵硬地站立着，面对这段时间父亲的暴打，他内心反倒得到了痛快的释放。

六月底的一天，天气很好，阳光很明媚。清晨，父亲将要出门上班，被病情恶化的妹妹叫住了："爸爸，今天能不能哪儿都别去，我实在是觉得很孤单。"语气中透出从未有过的虚弱和悲戚。这个平日里总惹得章三郎歇斯底里的人，如今已经没有了力气，像个七八岁的小女孩一样幼稚无知。她夜夜都得让爸爸用瘦削的手臂抱着才肯入睡，因为她说不想独自睡去——似乎只有爸爸抱着自己，死亡才不会来临。

母亲在旁边附和，"阿富觉得太孤单了，你就请假陪她一天吧。"接着又冲女儿说道，"好了，爸爸今天在家，不去上班了。"

父亲十分慈爱地接受了这个建议，随即把刚扣好的前排扣子又解开来。

章三郎在前天夜里去了壳町，和那个妓女在一起，晚上没有回家。中午醒来时，屋里只剩下他一个人。"啊，妹妹可能今晚就会走了。"他脑海中突然闪现出这样的念头。这个念头在心里挥之不去，如同聚集的苍蝇群一般越来越壮大。他想，此时此刻的这种心情或许就是人们常说的"直觉"，或者"不安"？妹妹可能会在今晚离开这件事，犹如一件已经被预告过的、不可更改的事实。

妹妹患病以来，他从未给予过她哥哥的关爱，而现在的感受大概来自身体里的血脉，是亲人间的"直觉"，不知道为什么，他就是很难受。自己与她之间的血缘关系，让他怎么都接受不了这个事实。

下午一点，章三郎结账后看着手中仅剩的两日元，不断念着："喝酒吧！只有酒能让我内心平静。喝酒去吧！"他迷茫地走进人形町的一间酒馆里。

威士忌、正宗酒灌了一肚子，热气腾腾的西餐吃了三大盘，总算吃饱喝足了。他走出酒馆，午后的阳光如烂醉的妓女呼出的热气，翻滚着扑到他的脖子上。他觉得有些眩晕，感觉不妙，但让他欣喜的是，恐惧感已经消失了。

"去浅草看场电影吧。对！就这么干，看了再回去，要不就没意思了。"他大声地对自己说。

那天夜里九点左右，章三郎才回家。一走进格子门，他便听到了母亲的抽泣声。

"章三郎回来了吗？赶紧过来呀！"狭窄的六叠屋被包括父母在内的一群人挤满了，看来日本桥的亲戚都来了。他们个个汗流浃背，围在病床前。

"阿富，你哥哥回家了。"阿叶姑娘在病人耳边轻轻说道。她即将嫁为人妇，头发已经梳成高岛田发式[1]。

"真是令人难以置信，章三郎每天都回来得很晚，今天

---

[1]　日本古代女子传统发式，通常是女子进行和式婚礼典礼时梳的。——译者注

却早归了。"母亲双眼通红，泪流满面。

病人似乎听到了众人的谈话，却有些难以开口，只能像平常那样用那双眼眸凝视着章三郎。

"阿富呀，早前我只是因为生气才责骂你的，你为何这样看着我，今天我也感觉很不痛快，你是我妹妹啊，原谅我好吗？"章三郎默默地在心里诉说着，接着沉沉地叹了一口气，嘴里呼出的酒气如熟柿子的气味一般。

母亲又开口了："她爸，还是让芳川先生再给她打一针吧。"

"行倒是行，但结果都一样。既然章三郎回家了，人都到齐了，她也没什么遗憾了。非要再做点什么，会让她显得更可怜。"父亲脸上露出的笑容像痉挛一般。

狭小的房间里，众人相顾无言。大约过了一小时，病人开口打破了这沉默，她蠕动着嘴唇说："我想就这样在床上上厕所可以吗？妈妈。"

"当然可以。"妈妈痛快地答应了孩子最后一次任性的请求。

逐渐恢复了一些意识的病人，时断时续地说着："十六七岁就要离开这个世界，原来还挺轻松的，只是我真的太寂寞了。"众人就像在聆听伟人教诲一般，安静地站着。这些话就像是灵魂在与肉体做最后的告别，话音一落，病人便安静地逝去了。

　　父亲望着女儿临终的模样，无奈地疑惑道："戏里那些将死之人都会痛哭，怎么这孩子一点儿眼泪都没有呢？"

　　已经失去生命力的身体仿佛还在微颤，肩部肌肉已经僵硬了，露在外面的舌头像花椰菜一样惨白。母亲突然控制不住痛哭起来，但被父亲厉声喝止住了，只能紧咬衣襟，扑倒在肌肉已经开始僵硬的遗体旁。

　　两个月后，章三郎的一篇短文刊登在报纸上。他将脑海中所有荒诞又独特的、充满艺术气息的奇思妙想作为创作素材，写下了与当下流行小说风格迥然不同的文字。

恋爱与情色

很多年前，英国有一位名叫杰罗姆·K.杰罗姆的幽默作家在他的作品《小说笔记》中写道："小说皆是无意义的，自古以来创作出的小说，比海边的沙子还要多，也许有千百万册，但是，无论阅读哪一本，故事情节都大同小异，比如，'从前，一个男子和一个爱着他的女子生活在这里。'——'Once upon a time, there lived a man and a woman who loved him.'"寻根究底，便是如此而已。

拉夫卡迪奥·赫恩[1]曾在《教案笔记》中写道："自古以来的小说讲述的无非都是男女的恋爱关系，这使读者普遍认为小说的题材唯有爱情这一种。然而事实并不是这样的，即使不涉及爱情和人性，也同样能作为创作小说的题材，文学的范畴不应该过于局限。"这是后来我从佐藤春夫那里听到的。

---

[1] 拉夫卡迪奥·赫恩（1850—1904），著名英裔日籍作家，1890 年赴日，1904 年在日本辞世。

　　总之，不管是杰罗姆的嘲讽，还是赫恩的辩解，事实确实如此——西方国家的文学作品中不能没有爱情。在很久之前，就已经出现政治、社会、侦探等题材的小说，但是这些作品都被认为是非文学领域的，带有功利性，或者说是低级的存在。不过，随着时代变迁，现在的情况略有改变，那些功利性的小说不再被当成低级的东西。只是有些小说的题材虽然涉及阶级斗争，或者是社会改革，但也会借由某种形式呈现出爱情这一主题。可以说大多数作品最终都奔向这样的主题，即由爱情引发各种矛盾——爱情和阶级斗争孰重孰轻？在侦探小说当中，犯罪的动机也往往与爱情紧密相关。

　　若是将"爱情"扩展到"人性"，就会发现，西方国家从古至今的所有文学作品都与人性有关。当然也有以动物为主角的小说，如《雄猫穆尔的生活观》[1]《黑骏马》[2]和《野性的呼唤》[3]等，不过这些小说基本上都是寓言故事，从大范围来看，还是属于"人性"的范畴。另外，叙述自然之美的作品也有，尤其是诗歌，但只要细心琢磨便会发现，总有和人性交叉的地方，与人性毫无关系的几乎没有。写到这里，我猛然想起漱石先生的一篇文章——《英国诗人的天地山川观念》，于是立刻在书架中寻找，遗憾的是并没有找到，因

[1]　德国浪漫主义作家 E.T.A 霍夫曼创作的小说。

[2]　英国作家安娜·塞维尔创作的经典儿童小说。

[3]　英国作家杰克·伦敦创作的中篇小说。

此不能引用先生的观点，真是太可惜了。总而言之，"爱情"和"人性"是英国艺术领域中永恒的主题，如果不能理解，那就去阅读英国文学史和英国美术史吧。

在日本茶道文化中，古往今来，悬挂在茶席正上方的画轴与字幅中绝不允许出现与"爱情"相关的主题，原因是"爱情与茶道精神相悖"。不只是日本的茶道文化中有这样的风俗，在整个东方文化中也很常见。

自古以来，日本也有很多描写爱情的小说或戏曲作品，只是直到人们开始用西式思维去观察事物后，这类作品才被正式列入文学作品中。在此之前，这些软性文学作品始终被视作末流文学，它们的存在只是为了供给妇人娱乐，抑或是成为文人雅士闲暇时的爱好，无论是作者还是读者，在正式场合都对它避而不谈。

事实上，也有很多优秀的作家出现，并且他们的作品也都名震一时，即便如此，也只能被归为末流作品，不足以成为一个男人终生奋斗的事业。从古至今，中国的作品核心思想几乎都是"治国安邦"，而汉文学中的主流作品，基本都是史学、经书等，讲述的都是与"修身、齐家、治国、平天下"相关的内容。少年时的我所学习的汉文教科书也是《史记》以及四书五经等和恋爱无关的书籍。在那个年代，似乎只有这类作品才算上得了台面的正统的文学。

明治时期以后，陆续出现了许多戏曲、小说等著作，如坪内逍遥先生的《小说神髓》[1] 以及近松[2] 和莎士比亚、西鹤[3] 和莫泊桑的比较论等，由此，小说和戏曲才慢慢转变为主流文学。只不过西方文学中的观点与我们的传统不一样。戏曲和小说是虚构的，而历史、哲学却不是，因而这几类作品并非文学，这样的观点若是转换立场来看，也会变得十分荒唐。假设我们用自己的传统去审视西方文学，那么莎翁的观点无法流行了，反倒是麦考利[4]、培根[5] 等人的才算得上正宗。诗歌比散文更具有文学性，这是西方人的观念。只不过，对东方而言，即使是诗歌，将爱情作为主题的也不多，这一点只要看看李、杜两大诗人的作品就能明白。诗圣杜甫，在他的诗句中常常表达流离之痛苦、分离之忧伤，但他咏叹的对象基本都是好友，偶尔也会有描写妻子的，但绝不会存在"情人"的说法。再说诗仙李白，他对于月亮和酒杯的热爱远比爱情更甚，因而有"月和酒的诗人"之称。李白的诗歌《峨

[1]　坪内逍遥（1859—1935），日本戏剧家、小说家、评论家。《小说神髓》是他于1885年发表的文学理论著作，他在书中提倡写实主义文学。——译者注

[2]　近松门左卫门（1653—1724），日本江户时代歌舞伎脚本、净琉璃唱词作家。代表作有《倾城返魂番》《曾根崎殉情》等。——译者注

[3]　井原西鹤（1642—1693），日本江户时代小说家、诗人。代表作有《西鹤大矢数》《好色一代男》《好色一代女》等。——译者注

[4]　托马斯·麦考利（1800—1859），英国政治家、历史学家。代表作是《英国史》。——译者注

[5]　弗朗西斯·培根（1561—1626），英国文艺复兴时期作家、哲学家。主要著作有《关于自然解释的序言》《论事物的本质》《伟大的复兴》等。——译者注

眉山月歌》这样写道:"峨眉山月半轮秋,影入平羌江水流;夜发清溪向三峡,思君不见下渝州。"森槐南[1]根据诗中的"思君不见"和"峨眉山月"猜想这首诗表面上看起来是在写月亮,实际上是在描写李白心中的恋人。槐南翁的见解的确有些深意,不过就算李白真的偶然用诗句去咏叹爱情,也只是借月亮来隐晦地表达,不会直言相告,这便是东方人的含蓄和涵养。因此,拉夫卡迪奥•赫恩的"文学中可以没有爱情"这一观点,对东方人来说是极其正常的,只是对西方人而言,这种观念十分少见而已。事实上,我们的"爱情也能成就经典文学作品"的观念也是受他们的影响。常有人说,西方人发现了浮世绘的美,并使其闻名世界,而在此之前,日本人根本没有意识到自己拥有如此珍贵的艺术宝藏。但认真思索后,这既非我们的羞耻,也非西方人的眼光卓越。诚然,我们应该对西方人表达诚挚的谢意,毕竟他们发现了我们艺术之中的美并将其推广至全世界。可不得不说,一直以来,在他们的观念中"爱情"和"人性"才是艺术,因此能够发现浮世绘的价值是极其正常的事情。当然,他们也无法理解浮世绘为什么在日本会被忽略,这也是正常的。

在德川时代,浮世绘画师和通俗小说作家或狂言演员的地位几乎是一样的。对那些文化素养较高的士大夫来说,大概会认为浮世绘与春宫图以及荒淫的小说差不多吧。因此在

---

[1]   森槐南(1862—1911),日本明治时期汉学家、汉语诗人、词人。——译者注

他们眼中，歌麿、春信、广重^[1]与光琳、宗达^[2]等人是不能相提并论的；而在文学上也不会把三马、春水^[3]等和白石、山阳诸氏、荻生徂徕^[4]同等看待。所以，像《曾根崎情死》等以爱情为主题的作品得到徂徕的赞扬，而后水尾天皇^[5]也曾垂青《关八州系马》中的一些篇章，这种传闻总会吸引人们的注意，并广为流传。马琴^[6]的作品以惩恶扬善，宣扬人伦道德为主旨，人们对他也尚算尊重，因而他在世时自认品行高于其他通俗小说作家。如此便知，写通俗小说的人，地位一向不高。

　　其实，这也从侧面证明了，我们的传统并非真的那么排斥爱情题材的文学作品。事实上，我们心里早已经被感动且开始偷偷沉醉于这类作品，只是表面上佯装不知道而已。这

[1]　喜多川歌麿、铃木春信、歌川广重均为18世纪日本浮世绘画家。作品取材于日常，多表现市井市民生活。——译者注

[2]　宗达、光琳合称宗达光琳派，是日本江户时代装饰画派，他们的作品追求典雅的工艺美学。——译者注

[3]　式亭三马（1776—1822）、为永春水（1790—1843）同为日本江户时代滑稽小说作家（亦称"戏作小说家"）。为永春水是式亭三马的徒弟，二人所写的"人情本"曾被批评为伤风败俗之作。——译者注

[4]　新井白石（1657—1725）、赖山阳（1780—1832）、荻生徂徕（1666—1728）均为日本江户中末期的儒学家、政治家、思想家。倡导儒家文化，推动复古风尚。——译者注

[5]　后水尾天皇（1596—1680），日本第一百零八代天皇。其一生致力于研究和歌和佛道。——译者注

[6]　曲亭马琴（1767—1848），日本江户时代后期通俗作家。著有《南总里见八犬传》《月冰奇缘》等作品。——译者注

不是某一个人的决定，而是社会群体性的礼仪，始终保持这种礼仪就是我们的谨慎之处。所以，西方人崇敬歌麿这点的确动摇了我们的社会性礼仪。不过，或许有人会疑惑，在我们的历史上也有盛行爱情文学作品的时代，如平安朝。在当时的社会背景下，类似《源氏物语》这样的文学作品或其他描写爱情的小说及这些作者又是被如何看待的呢？其实有关《源氏物语》的评价一直以来都褒贬不一。国学家们认为它是道德教育的范本，将它奉为圣经，更有甚者牵强附会，把作者紫式部称为"贞洁女子之镜"；而儒学家则认为它实在过于淫秽而不断抨击。但是，只要我们中立地去看待，既不贬低它是淫秽之物，也不将其捧到圣经的高度，那么《源氏物语》就不再具有它的文学价值和地位了。这一点充分显示了东方人独特的思维——始终要保持表面的得体这一社会性礼仪。

接下来让我们回到之前的话题，这与盛行爱情文学的平安朝有关。古代，有一位刑部公卿叫作敦兼，他的妻子拥有倾城的美貌，但他自身相貌却很丑陋，可谓世间少有。敦兼的妻子时常因丈夫的相貌而哀叹不已。有一次，她跟随丈夫进宫看五节舞[1]，只见满朝文武官员们都精神抖擞，一表人才，唯独自己的丈夫如此丑陋不堪，顿时对丈夫心生厌恶。

---

[1]　日本宫廷的传统乐舞，一般在元旦、端午、白马会、踏歌会、丰明等节庆上表演。——译者注

归家后她便开始躲避丈夫，不予理睬，最后甚至闭门不见。
对此，敦兼感到很讶异却不知晓其中的缘由。有一天，他退
朝回来，归家时看到门口既没有点灯也没有侍女迎接，更没
有谁来为他宽衣解带，无可奈何之下他只得孤独地推开边门，
郁郁寡欢，独自待到更深露重之时。寒夜的风吹过，清冷的
月光洒下，敦兼心中更加愤恨妻子的无情。郁结难舒的他忽
然静下心来，拿出觱篥[1]吹奏吟唱了起来："墙根生白菊，
颜色无光艳？我打门前过，花枯人亦变。"原本躲藏在后屋
的妻子，听到这悲凉的歌声后心生怜惜，赶忙出来迎接自己
的丈夫。从此以后夫妻二人如胶似漆，感情渐渐变得深厚起来。
这是出自人人皆知的《古今著闻集·好色卷》[2]中的一则故事。
故事具体时间虽不知是发生在镰仓时代还是王朝时代后期，
但它充分地展现了从前京都贵族的日常生活以及平安朝的一
些习俗，因而也不妨将它看作是平安朝爱情文学的代表作。
然而，在这则故事中，让我最感兴趣的是对男女地位的描述。
作者一不指责这位妻子的行为不够忠贞，二不嘲笑丈夫敦兼
的懦弱，只是平静地描述夫妻相处之道："琴瑟调和尤可贵，
全凭妻子温柔心"，这则故事也被看作是一段佳话而广为流传。
并且，在平安朝的公卿中，这样的情况再正常不过了。妻子

---

[1]　觱篥是古代传统管乐的一种，外形像喇叭，通常以竹子制成。——译者注

[2]　《古今著闻集》由橘成季编写，是镰仓时代最大的说话集。全书有二十卷，
三十篇目，共七百余话。内容多是记载镰仓时期的市民日常生活。——译者注

当初明知丈夫相貌丑陋，还要下嫁于他，那么又有什么理由薄情寡义呢？丈夫心中爱恨交织，不得已站在门口悲歌倾诉。妻子被歌声打动，与丈夫重归于好，所以被认为是心地温和的女子。这是日本平安朝的爱情故事，而非西方的爱情剧。而且，从敦兼拿出觱篥吹奏吟唱可以得知，那时的公卿是随身携带这种乐器的。

每次读到这则故事，我都会联想到"壶坂"的序幕——盲人泽市独自弹着三昧线吟唱民谣《菊花露》："鸟鸣钟声上心头，忆往事，无语泪先流。点点滴滴化逝水，星河迢迢暗欲渡。谁曾料，鹊桥断绝，人世无情恨悠悠。勿思量，相逢又别离，此生不堪回首。唯羡庭中小菊名，朝朝暮暮，夜阑浥芳露。叹薄命，如今正似菊花露，怎奈何，秋风妒？"虽然泽市唱的只是主调，但和敦兼一样，都是借菊花来表达心境，只不过因为吟唱的人一定会与爱人分手，所以这首歌在古代的大阪并不受人欢迎。据说这是团平夫人写的净琉璃，因而才有了女性的温柔质感。不过，泽市和敦兼的不同在于，他本是个盲人，所以人们自然而然地会对他生出同情，更别说敦兼的妻子根本无法和善良温柔的阿里相提并论。到了后世，武门政治和教育思想广泛普及，若是在此时来看前文的故事，敦兼这样懦弱的丈夫，一定会被指责给男子丢脸，而他的妻子则会被认为是失德。要是镰仓时期的武士遇到这样的情形，恐怕会勃然大怒，直接断了这段情，或者至少也会冲进房屋惩戒她一番才肯罢休。而且这类男子更招女子喜爱，像敦兼那样唯唯诺诺的人，只能令人感到厌恶。以爱情为主题的文学作品在德川时代流行起来，情形却和平安朝截然相反，但时至今日，对近松之后的许多戏曲进行查阅以后，都没有发现一位如敦兼般懦弱无能的男子形象。就算偶尔出现类似的男子也只是采用夸张的表现手法，不会作为经典广为流传。元禄时代，是人们公认的奢靡时代。可事实上，那时候放浪形骸的公子哥，常常为非作歹，不可一世，如《女杀油地狱》[1] 中的与兵卫及《博多小女郎》[2] 中的宗七，就连爱情悲剧中出现的翩翩美少年，也常常打打杀杀，没有哪一个像平安朝的公卿一般畏首畏尾。到江户时代以后，女子都开始讲求侠肝义胆的精神了，因而，男子必然是要有男儿气概的。显然，在平安朝的文学作品中，所展现的男女关系有别于其他时代。如敦兼一般的男子的确软弱无能，没有男子气概，可换言之，他也是在表达对女性的崇敬，即把女子的地位看得比自己的更高贵，因此心甘情愿臣服于她。在西方，男子常会想象情人拥有圣母玛利亚那般身姿，以此来追求永恒之美，这样的思维和想法在东方是未曾有过的。在东方，只要提及"女性"一词，那"尊崇""肃穆"等词汇必定是在其对立面，且"对女性产生依赖"和"维持男子气概"这

---

[1] 近松门左卫门所创作的净琉璃剧本。——译者注

[2] 同上。

二者也是对立的。但平安朝，贵族生活中的女性，虽不至于凌驾于男子之上，但至少和男子是同等的，而男子对待女子都温柔有礼，绝不像后世的男子一般粗暴。平安朝文学中的女性，有时候也会被打造成美好的形象，如《竹取物语》中的辉夜姬，最终竟然能飞升上天，这是后世的人难以想象的。

可是在净琉璃中，无论女子多么温婉，最后也只会跪在男子旁边哭泣，这着实不会让人联想到升天的场景。从《古今著闻集》中的故事，我想到了《今昔物语》[1]本朝部第二十九卷中的一个女子对男子实施性虐待的故事——《女盗秘话》。作为一则鼓吹男女之欢的记载，在东方人所有此类文献中，它大概是最早的。

……白天，如往常一般，家中空无一人。一个女子对男子说："那就跟我来吧。"随后，她将男子带到屋中，用绳子扎起男子的头发并将他绑在柱子上，使男子脊背凸现，双腿弯曲。女子则开始穿上裙裤、戴上帽子，精心装扮了一番后，拿起鞭子走过来猛打男子的背脊八十下，问道："有何感受？疼吗？"男子答道："丝毫不觉疼痛。"女子一边称赞他的勇气，一边把混有锅灶泥土的开水以及醋拿给男子喝，接着把地面打扫干净后让男子平躺下

---

[1]　《今昔物语》是平安时期末的民间传说故事集，共三十一卷，包含一千多个日本民间小故事。——译者注

来。大约两个小时后，女子拿来美味的饭菜并照顾
这名男子，让他的身体得以恢复。三天后，男子伤
势痊愈，女子又将他带到之前的房间里，同样施以
暴行，八十鞭以后又问"怎样，还受得了吗？"男
子依旧冷静地回答："没什么。"女子对他更加佩服，
随即又精心照料他。又过了四五天，再如之前一样
鞭打这个男子，甚至专打他的腹部，但男子的回答
依旧是："没什么大不了的。"由此，女子对他更
加钦佩……

在之后的世俗生活中，心如蛇蝎的女子也有很多，但这
般酷爱施虐且鞭笞男子的案例，就算是在虚幻小说中也是罕
见的。这则故事虽然只是偏激的个例，但无论是敦兼的软弱
还是女子的暴虐，都在传达着一种信息：平安朝的女子是高
贵的，拥有天生的优越感，而男子则要对女子言听计从。

从清少纳言[1]的《枕草子》中可以看出，她时常在宫中
让男子出丑。翻阅那时的歌曲、日记、物语等作品，我们可
以发现，女子大多是受尊崇的，不仅不会被男子欺负，甚至
有时男子还会主动乞求她们。而《源氏物语》中的主角妻妾
成群，若是单看这件事，会觉得是把女性当作玩物，或者可
以说，就当时的制度而言，这代表着"女子，是男子的私有

[1] 清少纳言（约966—约1025），日本平安时代女作家、歌人，与同时代的紫式部并称为平安文学的双璧。

财产。"然而，若是从男性的主观意识上说，这便是"对女性的一种尊重"。毕竟私有财产中也有很多珍宝，所以二者并不冲突。比如，明明是自家供奉的佛像，属于私人财产，但只要是来到家中的客人，都会在此礼拜一番，不敢懈怠，生怕会因此而受到惩戒。在此，我想要说的不是从经济学或社会学角度去探讨妇女的地位，而是想说，为何男子会认为女子比自己的地位更崇高？就像光源氏，尽管没有明确说明，但他对于藤壶的向往与这种情况很相似。

　　西方的骑士思想的精髓是：女性，就是骑士崇敬和忠诚的最后目标。他们的勇气来源于自己所尊崇的女性所给予的称赞、鼓励和敬仰。做一个真正的男子汉，同时对女性怀有憧憬，二者并不冲突。而这样的风俗习惯在现代也是存在的，如穆勒夫人[1]与其丈夫的关系，这种事在东方是不可能发生的。为何武门政治和武士道在日本盛行以后，就一定要蔑视和奴役女性呢？为何要因武士精神和对女性温柔两者相异，就被认为是软弱无能呢？这个话题若是要深究下去那么还有许多可以讨论之处，现在暂且不提，下文也还会再讲到。总的来说，在这种国情下的日本，崇高的爱情文学不可能得到发展。所以，即使西鹤和近松的著作有超越西方的一面，但在德川时代，再优秀的作品，只要是关于爱情的，都难登大

[1]　穆勒夫人（1807—1858），英国19世纪著名的女性思想家、作家。前夫去世之前就与英国哲学家、经济学家约翰·斯图尔特·穆勒保持着密切关系。

雅之堂。其实这也情有可原，蔑视女性和爱情的作家，怎么可能写出崇高的爱情文学作品呢？西方文艺复兴时期，但丁创作《神曲》的缘由不就是对贝雅特丽齐的爱吗？此外，歌德、列夫·托尔斯泰等被尊崇为大师的作家，他们作品中对失恋、自杀等与社会基本道德相悖的描写，格调亦十分高尚，这是日本元禄文学无法比拟的。

　　总的来说，日本文学在许多方面都受到了西方文学的浸染，其中影响最深远的是"摆脱爱情中的束缚"，或者可以这么说——摆脱男女之欢的束缚。明治中期，砚友社文学兴起，那时还有许多文学家仍然保持着德川时代的思维和气质。随后自然主义盛行，接二连三发生的事情，已经慢慢让人忘记了从前蔑视爱情与性欲的观念和立场，摒弃了旧社会的繁文缛节。我们试着对比了一下红叶和漱石的作品，发现二者对于女性的观点完全不同。漱石是数一数二的英国文学学者，却是个典型的东方文人型作家。不过，他在《虞美人草》和《三四郎》中对女性的描述方式，是红叶的作品中不会出现的。不过他们两人的作品差异是由于时代的变化，和作家个人无关。

　　文学既反映现实社会，又超前于社会，引领社会前行。如《三四郎》中的女性角色，更偏向于西方小说中的形象，而不再是东方温文尔雅的女性形象。这样的女性形象虽不符合当时的社会现实，但却预示着未来社会对女性的要求。那时的文学界，许多和我同时期出生的有志青年多多少少都有这样的理想抱负。然而，理想与现实终究相去甚远。只是依靠我们这一代的呼唤，依旧无法改变日本传统女性的地位，毋宁说让她们和西方女性比肩，不经历几代人精神及肉体的历练，是不可能达到的。举个例子，想要改变女子的思想，使她们在精神上产生优越感，首先要从肉体的改变做起。比如，学习西式动作、表情和形态，做到与她们一样健康、美丽。试想一下，为什么西方的女子可以心安理得地拥有健康美丽的肉体？那是因为她们生长的国度所致。就好像希腊尊崇裸体的美，欧美城市中有女神雕像的存在一样。所以，若是日本女性想要和西方女性同等美丽，就要和她们生长在相同的文化环境之下，也就是说，我们也要崇敬西方的女神，还要引入他们数千年的艺术和文化。

事实上，在我看来，要承认有"崇高的肉体"的存在，如同承认有"崇高的精神"的存在一样。只不过在日本女性中，极少数的人才会拥有健康美丽的肉体，并且这也是暂时的。据了解，西方的女性在婚后，也就是三十一二岁的年纪，这时能够达到女性最美的状态。日本则是十八九岁到二十四五岁的未婚女子，才能拥有倾国倾城般的美貌。一般情况下，日本女子婚后就难以保持女性极致的美丽。即使偶尔有演员或艺伎被人盛赞，也不过是杂志封面的漂亮女子而已，待面对面后就会发觉，真实的状态不仅仅是皮肤松弛的问题，还有许多黑斑和色素沉淀在脸上，眼睛四周还有深深的眼袋和黑眼圈。少女时期极爱穿洋装的女子，婚后三十几岁时，肩膀瘦弱，身材走样，无法再穿喜爱的洋装了。最大的变化则是，日本女性一旦结婚以后，原本丰满的胸部和纤细的腰部曲线开始走样。因而，日本女性所展现出来的只是一种柔弱美，这还是得益于和服和化妆技巧的帮助。但这样的美如何使人产生崇敬之意呢？更无须说让男子臣服于她们。

西方的女性精神和肉体美可以分开看，即——"圣洁的荡妇"和"淫荡的贞女"能够同时存在，然而在日本，是绝无可能并存的。日本女性若是沾染了淫荡之气，就会被视为职业娼妇，那些端庄、健康等仪态就再也无法与之相联系了。

犹记得曾在某本书中看到过有关妇女涵养的讨论，也许是《德川家康》，上面提到：房事以后，妻子要主动起身，远离丈夫，回到自己的床上就寝，这样夫妻间才能更加和睦。能说出这种话的人，一定深刻领悟到了日本人的性格——无论何事，都不喜欢做得太过。而且，让人感到惊讶的是，就连德川家康精力这么旺盛的人都会这样说。

我在《中央公论》一文中谈论过室町时代的一部小说《三人法师》。读者应该还记得，曾经有过这样的情节：足利尊氏有一个名叫糟屋的随从，他偶然间见到了一名公卿家的女子，随即思念成疾。足利将军听闻此事后，便写了一封信，让武士佐佐木送到女子家中。在原著中，糟屋把自己的经历和心事都说了一遍："……将军告诉我，这件事不难。他亲自执笔写下一封信，派佐佐木把信送去了二条殿……"

"对方回复的消息是，尾上姑娘不便前往武士所在之处，只有请武士亲自来公卿家一趟。这封回信我已经收到了，对于将军的恩情，我永生都铭记于心。可我想了想，就算和尾上姑娘见上一面，大概也没有结果。世事索然，还不如就这样离去。可我又想到，若真这样做了，人家难免要说，糟屋爱上了二条殿的女子，待到将军为他推荐却又在见面前逃避，这样岂不是会被人耻笑一辈子吗？所以那就把它当作一夜之约吧，不再想以后了……"

作为下级武士的糟屋，爱上了公卿家的女子，虽然二人身份悬殊，但有幸得到将军的帮助，能够得偿所愿，他自己对将军感恩不尽，可又想到世事索然无味而想要逃避，这样的想法是不正常的。平安朝的贵族有这样的想法，当然很正常，但糟屋跟随足利将军征战沙场，作为一名武士，还会有这样的想法，的确让人费解。西方有句谚语："与其看着一百只鸟飞过天空，倒不如抓一只鸟握在手中。"可是，原本望尘莫及的花朵，怎料能摘下来属于自己，这本应是让人一想到就会顿觉幸福愉悦的事情，然而糟屋这个武士，却忽然认为"世事索然"，想要选择逃避而不是面对。结果之后他又想道："见面之际临阵退缩，这不是被人耻笑一辈子吗？"从而改变了想法。但这也侧面证明了，对于已经来临的爱情，他的内心并不坚定，从没有想过永不放手，他抱着"就将它

当作一夜之约，未来的事情都姑且不管了"的心态去和姑娘
见面。恐怕，除了日本人以外，西方人甚至是中国人都不会
有这样的心理变化吧。

　　前文所说的德川家康关于妇女的涵养的忠告，或许不适
合于反常的恋爱以及一时兴起的情欲，但对于正经历着婚姻
这一过程的人而言，的确是很有用的。事实上，日本的男性，
几乎都经历过那样的切身感受。比如我自己，就有好多次这
样的经历，无论是和妻子还是情人，每次房事后都想着要"分
道扬镳"，只想一个人待着。这段时间可能是几分钟，可能
是一整晚或一周，甚至可能是一个月。仔细回想一下自己从
前的恋爱经历，好像没有人或者经历可以让自己摒弃这样的
感受。导致这种情况出现的原因有很多，但无论如何，在这
方面，日本男性确实会更快感觉到疲惫，在精神上的反应就
是认为自己好似做错了事情，以至于心情低落，消极面对。
或许也有可能是受到日本自古以来对恋爱与情色都嗤之以鼻
的观念的影响，导致情绪低落，甚至影响了生理状态。

　　无论如何，在性爱方面，日本人确实内心没有强烈的欲
望，不会过度享乐。这一点连那些在神户、横滨这类通商港
口揽客的妓女都能证明。据她们所言，日本人对性爱的欲望
和想法的确比外国人少很多。可我不想将一切归因于日本人
身体羸弱。毕竟就算我们以后大力倡导体育运动（在此要特
别说明的是，西方人之所以对体育运动如此痴迷，与性爱肯

定也有很大的关系。这就像吃大餐之前要先腾空肚子一般），将身体练得同西方人一般健硕，也未必能有他们那样畅快的兴致。

其实，从古至今，只要做一个对比就能发现，在别的事情上，我们都十分积极，充满干劲。但是为何性欲上就总是如此冷淡呢？想来，除了体力的缘故，气候、饮食、风土人情等因素都可能成为其中的约束条件。说起这个，我忽然想到，西方人若是长期居住在日本，便会逐渐感觉头晕乏力，萎靡不振而无法安心工作。因此，几乎每隔四年，他们就会休假回家乡居住一段时间后再回来。那些没办法回去的人，至少也会去国内某些和欧美国家气候相近的地方调节身体。这也是轻井泽等疗养地能得到开发的原因。简单来说，日本的湿气比欧美地区要重一些。每当梅雨时节来临时，日本人都会感到头晕乏力、疲惫不堪，更别说那些原本生活在空气干燥、无梅雨季节的国家的人了。也许在他们看来，长久生活在这样的地方可能会感觉一年到头都是梅雨时节。然而，印度孟买比日本的湿气还重。之前有位朋友被公司派去孟买工作，回国后他一直抱怨："唉，每天都闷热不堪，浑身都湿答答的，简直难受得要死！以后若还要让我去，不如直接辞职。""不是允许常回国看看吗？""四年才能回国一次，真的没人能忍受！任何人到那里都会变得愚笨，感觉一身的骨头都腐坏了，所以不管是日本人还是西方人都没人愿意去那里。"之后他确实辞职了。

仔细想来，那些来日本工作的外国人的心情，可能和去孟买的日本人是一致的。我不清楚干燥的空气对于健康是否有影响，但不仅仅是性欲问题，倘若人沾了油荤又痛饮一番之后，有清爽的空气可以大口呼吸，再抬头仰望着晴空，一定能精神抖擞，进而头脑清醒。可是对于雨水多、湿气重的国家而言，极少能看到蓝天白云。况且，日本作为岛国，本就临海，冬季除了高原地带，其他地区也一样十分潮湿。若是遇上南风，那么海风会让人满脸汗渍又头疼不已。可能我不如旅行家们说得那样精准，但就整个日本而言，除了我居住的六甲山附近的地区之外，也就只有沼津到静冈的沿海地区相对来说气候要干燥一些，而且交通也要便利一些。曾经，因为医生提议身体羸弱的人最好迁到海边居住，一时间形成了一股风气，东京人去湘南地区疗养，而大阪人则选择在明石、须磨等地疗养。到了今天，还能看到从镰仓等地赶往东京上班的人群。但我个人认为，冬季的海边的确温暖，然而时常刮过来的海风带着湿气，常常会沾湿衣裳，也会让人感到头痛。一二月份还可以接受，三四月份就难以忍受了，更别说仲夏时节，明明东京的气候比镰仓好上许多，为何要去那边消暑呢？

我是个极容易上火的人，记得住在小田原和鹄沼时就常常头疼，甚至在小田原居住的那段时间还患上了严重的神经衰弱，体重都下降了许多，就算到了须磨、明石等地情况也没有好转。往西的中部地区，那里虽然雨露很少、晴空万里，却不知为何，空气仍然潮湿，每年樱花盛开的时候，就会莫名地闷热，就算此刻是没有海风吹拂的时节，也会让人觉得疲惫不堪。甚至只要站着看看大海和绿叶，就会浑身是汗，像颜料还没有干透的油画似的。日本绝大多数地区的气候都是像这样常年潮湿，不适合去享受那极致的愉悦。除非是在法国那样的地方，夏日炎炎时汗水都不会沾到皮肤上，这样才可以不知疲倦地在性欲中沉沦。若是日本这样，站着不动都会汗流浃背、头昏脑涨，怎么可能会有心思不要命地去放纵自己呢？

就拿濑户内海来说吧，夏日夜晚随便喝点啤酒就会全身冒汗，又黏又腻，睡在床上更是浑身发软，还会有什么欲望呢。这样的气候已经令人十分难受了，结果食物还十分清淡，又住在开放式的房间里，这些因素都在制约着人的欲望。其实，按照日本的气候和风土来说，贝原益轩[1]提议在白天行夫妻之事应该更加健康。况且，看着万里晴空，泡澡散步，心情怎么会不好呢，就算略有疲倦也很快就恢复过来了。然而普通家庭中没有封闭的房间，也就难以采纳这样的提议。

按理说，中国南部以及印度等地会更潮湿，生活在这里

[1]　贝原益轩（1630—1714），日本江户时期儒学家。著作有《大和本草》《益轩十训》《慎思录》等。——译者注

的人，在性欲方面应该比我们更淡薄些才对，可事实并非如此。他们的饮食一点也不清淡，又居住在设计合理且生活便利的房子里，生活似乎十分悠然自得。可细想之下，在中国的历史上，北方人的确常常南下征服南方人。印度就更不用说了，或许他们正是因为性欲消耗了体力，才会变成今天这样的局面。日本人生在岛国，性格急躁、好胜心强，的确无法像那些大国人民一样生活。总而言之，无论是善是恶，我们一直兢兢业业，辛勤努力，才能安身立命。若是如平安朝的贵族公卿一般，只知奢靡享乐而不居安思危，随时都有被周边大国侵略的风险，最终和安南、朝鲜的结局相同。如今日本虽处东方，能在强国之林占有一席之地，除了日本人争强好胜的性格，就是因为在奢靡享乐这方面比较克制。

　　翻阅日本历史，显而易见，关于一直默默奉献的女性的记载几乎没有，这是因为日本民族对于大胆的爱恋嗤之以鼻，又淡薄于性欲的原因。因为职业的缘故，我打算创作一部历史题材的小说，主题是从前的历史人物，可是却完全不了解这些历史人物身边女性的活动，这令我十分烦恼。毋庸置疑，所有历史上的英雄人物都经历过恋爱，唯有大胆地将这些爱情故事写出来才最具人情味。那份极其珍贵的资料，是太阁写给淀君[1]的情书，只是如今能看到的文字信息少之又少，

---

[1]　淀君，本名浅井茶茶，太阁丰臣秀吉的侧室，是日本战国时代至江户时代初期重要的女性人物。——译者注

历史学家需要花费大量的时间去搜集，才有可能找到一两件而已。而且历史学家在考察时，时常发现很多著名历史人物的家谱内，都没有和母亲相关的信息，甚至连姓名和出身都未曾记载。

实际上，日本从古至今，无论是身份高贵的皇族还是出身低微的普通人家，系谱中也只是详细记载男子的一些事迹，对于女子的记载，一般都是用"女"或"女子"两个字眼一笔带过，连姓名、出生日期、死亡日期这类信息都不会记载。换句话说，在日本的历史上，有很多男子，却没有一个女子，她们只不过是系谱上的一个"女"字。

《源氏物语》中的《末摘花》卷，讲述的是一个专为源氏寻找情人的命妇忽然在某一天提起了常陆宫的女儿，说道："这位公主素来喜欢弹琴来聊表心事，平日里都是一人独居在深宫之中，倒是不知其相貌与个性，我也不过是在围墙外与她搭过几句话而已。"接着他们约好在某个有月光的夜晚，源氏偷偷去茅屋中和公主相见。原本羞涩的公主最后禁不住命妇的劝说，答应道："让他在门外，我不应他，只静静听他说话就好。"命妇觉得让人站在门外有些失礼，便找了一个房间让两人隔扇相见。源氏见不到公主的样貌，心里思索着："她果真是个安静之人。"而衣裳上的丝丝幽香令他有些着迷。起初都是源氏一个人在说话，公主沉默不语，后来他说道："问卿卿不语，忍耐何多时？倘不中卿意，明言当拒之。"此时公主身边的侍女代为传话："夜半钟声起，相期一瞬间，满怀儿女愁，当向何人言？"这样一来，源氏便进屋和公主有了接触。房间里没有灯光，看不清样貌，源氏都是在黑暗中和公主幽会，未曾与之谋面。这样的局面维持了很长一段时间，直到一个大雪纷飞的清晨，源氏见庭院内的雪景正好，便呼唤着公主前来："别总将自己封闭起来，还是出来欣赏这美丽的雪景吧。"加之旁边的侍女也总是劝着："对呀，公主还是来看看吧。"公主这才十分难得地梳洗打扮走出了房间。在《末摘花》卷中，直到此刻，源氏才见到了公主的红鼻头，顿时没了兴趣。

　　这件事的确有些戏剧性，可是这种戏剧性的事情恰好说明了那个时候即使看不清样貌也可以交往，而且很普遍。正如为源氏寻找情人的命妇自己所说："……不知其相貌与个性……只是站在墙外搭话……"从这句话中可知，她也未曾与公主见面，所谓"听听琴声"这样的话，也只是为了牵线搭桥而胡诌的。但源氏就这样答应了，还一直摸黑和公主交往了很长一段时间。若是按照现在的观点，源氏真是个好事的男子。

　　现代社会，男子都看重个性，虽然不知道是否会一夜结欢，但无论如何都想象不到，不知对方相貌性格还能享受爱情的感觉。然而，就像前文所说的那样，在平安朝，贵族女子本就是深居闺房，翠帐低垂的房间采光不好，白日里也极其昏暗，更不用说只是有些微弱烛火的深夜了。就算面对面，也难以看清对方的相貌，所以这类事情在当时再正常不过了。换言之，在帘子、屏风等障碍的阻隔下，在烛火摇曳的阴翳中，男子能感受到女子滑嫩的肌肤和清泉般的秀发，在熏香的房间中能听到衣裙的响声就已经满足了。

在此我要说句题外话，十多年前，我曾去过北京（那时候也唤作北平），入夜之后，街上十分昏暗。近来听闻市内已经有了电车，街道也变得亮堂和热闹起来。可是我去的那年正恰逢世界大战，每当日落以后，整个城市就陷入一片黑暗之中，唯有闹市所在之处和郊外的花柳之地明亮得像白昼。若是走在大街上，或许还能看到点点灯光，一旦进入小巷则完全是一片漆黑。周边都是富贵人家的高墙，木门紧锁，严丝合缝，有的门上加了三把锁，像座封闭的城堡一般，不透出一点光亮来，更听不到一点人声，只有那寂静高耸的围墙在黑夜中悄然耸立着。起初我十分镇静地走着，可每到弯曲狭小的胡同，就顿觉被黑暗和寂静笼罩，心生恐惧，好似被某种神秘的事物追赶着，不得不疾步行走。

如今，城市的人都感受不到什么是真正的夜晚了。或许应该这样说，就算是偏远地区的乡镇，也安装使用了电灯，所以黑夜，正逐渐淡出人们的视线，慢慢被遗忘。我想起年少时睡在灯影下的那个悲凉、凄惨、可怕的夜晚！明治初期出生的人应该都不会忘记，那时夜幕下的东京街道与北京街道大同小异。我一直没有忘记，从前和弟弟从我们居住的茅场町，到亲戚所在的蛎壳町时，总是顾不上闷热，在街上奔跑，哪怕喘不上气也不停歇，但其间的距离其实不过五六百米。在那个年代，到了夜晚，即使是在最热闹的街道上，女性也无法独自行走。不管是十余年前的北京，还是四十多年前的东京，日落后的景象皆是如此。我不禁想到，一千多年前的京都又是怎样的呢？那黑夜该是多么凄清寂寥啊！思索至此，再联系到"夜的黑发"一类的词汇，我忽然就明白了，为何那时的人们要把幽暗和神秘的气息加到女性身上。

自古以来，"女性"和"黑夜"这两个词往往都是一起出现的。但是，古今之间仍然有差别。现代人用强于自然光的炫彩夜光灯照射女子的裸体，将其呈现出来；而古代的女子本就是"深闺佳人"，再用那黑暗的夜将其包裹得密不透风。因而在这般可怖的夜晚，才会出现"渡边纲[1] 庆桥上撞见女鬼""赖光[2] 遇到土蜘蛛精"之类的事件。

古时有许多描写黑夜的诗歌，如："妾在岸边住，江波连江波。梦中欲见郎，无奈闲人多。""思念心中人，无须入夜梦。翻穿香绮襦，内里自风情。"都需要联想到黑夜才

---

[1]　渡边纲（935—1025），日本平安时期武将。传说他在京都的一条庆桥上以源氏的名刀斩下女鬼的手臂。——译者注

[2]　源赖光（948—1021），日本平安时期武将。传说曾有化作土蜘蛛的女鬼在源赖光受伤卧床的时候来刺杀他。——译者注

能够领悟诗歌的意境。从古至今，人们都能感受到白昼的光亮与黑夜的幽暗相差甚远，它们是两个完全不同的世界啊。你看，破晓时分，夜晚的清冷消失无踪，只留下晴空万里，光芒万丈，此刻再回忆起黑夜时的景象，仿佛是经历了一场不可思议的幻境。和泉式部[1]写过一首诗，其中一句是"春夜曲肱梦无绪"，即使不是和泉式部，换作任何一个人，只要想到夜里那虚无的枕边梦呓，都会觉得"梦无绪"。女子就是"梦无绪"里的幻影，因为她们一直隐匿于黑夜的深处，白日里更加不会展露芬芳。清冷的月光、悠悠的虫鸣和绿叶上晶莹的露珠，这些都是女子隐逸的写照。简言之，女子是生于黑暗世界中冷艳的魑魅。

古时的男女在以歌作答的时候，总用月亮或者露珠来比喻爱情，这绝不是随意为之。试想一下，男子经历了一夜结欢，离去时脚踩着绿叶轻快前行，衣袖上沾染了清晨的露水，这场景总使人不自觉地将月亮、虫鸣、露珠和爱情联系在一起，或许它们已经相互融合了。

《源氏物语》等小说中出现的对女性的描述如出一辙，毫无个人特色，有人曾对此进行过抨击。可是，对于古代的男子而言，他们爱上的不是女子的容貌等固有特点或者是其独特的个性。他们对女子的认知，就像对月亮的认知一样——

---

[1] 和泉式部，日本平安时期女诗人。代表作有《和泉式部正集》《和泉式部续集》《和泉式部日记》。——译者注

月亮始终是同一个月亮，所以"女子"也一直都是同一个。换言之，他们只需在黑暗中抚摸其滑嫩的肌肤，亲吻其柔顺的秀发，闻得其衣襟的香气，就算黎明来临时一切烟消云散也无所谓，仅此而已。在我的小说《食蓼之虫》中，借主人公的感想，对文乐剧团的木偶戏作过如下的记述：

"……耐着性子全神贯注地观看木偶戏，到后来木偶师已经出离我的视线，小春也不再是文五郎[1]手里抱着的女孩木偶了，而是一个在榻榻米上端端正正坐着的鲜活的女子。即使是这样，比起演员饰演的角色还是大不相同，无论梅幸[2]与福助[3]演绎得多么出色，观众依旧会有'这就是梅幸''这就是福助'的看法，但是小春就只是小春。她不是除了小春以外的任何人。演员演绎角色时的表情虽然不会出现在小春脸上，小春也还是有她的不足之处，但是在我看来，也许就如戏剧一般，古时候烟花之地的女子从来都不露声色。生活在元禄时代的小春，应该就是'木偶般的女子'。即使并非如此，小春的形象在观看净琉璃的观众心中，也绝不会是

---

[1]　吉田文五郎（1869—1962），日本文乐剧偶人师。——译者注

[2]　尾上梅幸（1870—1934），日本歌舞伎演员。是歌舞伎世家音羽屋的第六代继承人，以旦角表演闻名。——译者注

[3]　中村歌右卫门（1865—1940），日本歌舞伎演员。歌舞伎世家成驹屋第五代继承人。——译者注

梅幸和福助饰演的小春，而是这个木偶小春。古代
人心目中的佳丽，不外乎那些不露锋芒、谦恭俭让
的女子，因此所用的表演形式才会是木偶戏，若是
增添多种个性，人们观看时反而会受到影响。以前，
在人们看来，小春、梅幸、三胜、阿俊都是同一张脸，
也就是说，只有这个木偶小春在日本传统中才是永
恒的存在……"

不只是木偶戏如此，人们在观赏绘卷或者浮世绘时也会
有同样的感受。不同的时代、不同的作者，佳丽的形象也会
有所不同。不过在著名的《隆能源氏》[1]绘卷里，那些佳丽
的形象全都一样，完全没有自己的个性，因此在人们看来，
平安朝的女子面貌都是一样的。

暂且不提俳优的肖像画，浮世绘也是相同的情况。就算
歌麿、春信都有自己擅长绘制的一副面貌，但只要是同一个
人绘制的，面貌也始终不曾改变。娼妓、艺伎、商女、宫女
等等，不同身份的女性都是他们画中的人物，只不过是用不
同的服装和发型装饰着不同的女性。根据每个作者对美人面
貌的描绘，我们脑海中能够浮现出最常见又最典型的"美人"
样貌。毫无疑问，以前浮世绘画师并不缺乏辨别美人个性的
本事，也绝对能够展现出这种个性，但对他们来说，将这种

---

[1]　《隆能源氏》是《〈源氏物语〉绘卷》中的一种。——译者注

个性消除才更美好。他们认为这才是浮世绘画师的能力。

一般来说，东方国家的教育政策就是将人的个性竭力消除，这与西方国家截然不同。比如，文学和艺术，我们的理想不是开创先人尚未发现的美，而是能够与古时的诗歌圣人比肩。美，这种文学的极致，古往今来一成不变，各朝各代的诗歌先辈都在反复歌颂美，势必使其达到至高无上的境界。有一首和歌这样唱道："条条道路通山顶，共赏高峰同此月。"芭蕉[1]和西行[2]的境界是相同的。时代不同，文体与形式虽有不同，但唯有"高峰之月"才是最终的目的。比起文学，绘画更容易让人理解，特别是南画[3]。不管是山水还是竹石，虽然不同画家的绘画技艺相差甚远，但是其中的神韵，或者说禅味、韵味、烟霞气，都是一致的，换言之，那种极力达到登峰造极之境的美感自始至终都是一样的。南画家把追寻这种神韵当作他们的最终目标，这便是南画的高深之处。在南画家的作品中，我们时常看到"仿某人笔意"的留言，表示自己并没有表达什么，只是追随先辈的脚步罢了。由此看来，自古以来中国画作的赝品和赝品的创作者甚多，想必也是无意的。在这些创作者看来，自己的名利无所谓，只是想要达

---

[1]　松尾芭蕉（1644—1694），日本江户时代诗人。他创作的俳谐连歌从和歌中区别出来，成为一种独立的诗体。——译者注

[2]　西行（1118—1190），平安时代末期至镰仓时代初期武士、僧侣、歌人。22岁出家修行，和藤原定家一同被誉为两大传奇歌人。

[3]　南画，中国画派之一，对于"北宗画"而言，亦称"南宗画"

到先人的境界。

虽然是赝品，但也都是呕心沥血打磨出来的绝佳作品。为了尽可能地贴近原作品，创作者不得不饱含充沛的热情，具备超群的技艺，这一点是唯利是图的人难以实现的。入眼便是耗尽先人心血的美，目的也不是凸显自己，自然也就不在乎创作者是谁了。孔子常说"先王之道"，其理想是复古尧舜。也许正是这种思想，阻碍了东方人民向前发展，暂且不论好坏，先人都拥有这样的决心，所以在道德伦理上，比起个人名留青史，更重要的是把祖先之道放在首位。在女性看来，自己的个性应该被消除，个人的情感应该被抛开，自身的长处也应被忽略，而是尽可能地去做"贞德女子"。

日文中有一个词难以用西方的语言翻译，那便是"风韵"[1]。前一阵从美国传入的"it"一词，是由艾莉诺·格林发明的，但是意境上与"风韵"相差甚远，出现在电影里的丰满女子克拉拉·鲍便可以用"it"[2]来形容，但是与"风韵"毫不沾边。以前，据说和公公婆婆住在一起的儿媳是别具风韵的，而丈夫也愿意同父母住在一起。如今，即使父母尚在，新婚夫妇也不愿意和他们住在一起，这种想法也许难以理解。儿媳要在公公婆婆跟前谦恭拘谨，又要暗地里和丈夫缱绻，

---

[1]　有妩媚、娇媚的意思，用以形容女性的性魅力。——译者注

[2]　由于曾用以形容好莱坞明星克拉拉·鲍而具有了性感、摩登的意思。——译者注

追寻欲望的快感——这种情欲在谦恭拘谨的遮掩下隐隐可辨。很多男性都被这种难以言说的魅力吸引着。比起那些放纵和毫不遮掩的爱情，含蓄的爱情是怎么也遮盖不住的，一言一行皆不经意地表露着某种心思，更容易激发男性的爱意。想必这种爱情的含蓄便是"风韵"吧。若是爱情的流露超过了含蓄，表达得过于露骨，那么便毫无情趣可言了。风韵是无意识中展现出来的，有的人生来就有，而有的人则是在后天领悟。对风韵一窍不通的人无论怎么努力想酝酿出情趣来，最终也只是假得让人厌恶。有人面容形态皆俊丽，但却无风韵之感，反之，有人其貌不扬，但音色身段却有着难以想象的风韵。如果仔细观察西方的女性，也会有这样的区别，但是她们的妆容和爱情的表露方式过于技巧化，往往表现不出风韵来。

　　生来就有风韵的女性就不用说了，而那些不具备这种特质的女性如果将心里的爱情——也可以说是情欲——尽可能地藏在内心深处，那么爱情往往会表现得更有情趣。就这点来说，用儒教或者武士道的方法来教育女性，也就是培育出"女子大学"般的贞德女子，这样的女性反而更有情趣。比起西方女性，东方女性虽然在姿态、骨架方面略逊一筹，但是肌肤的俊美秀丽却是西方女性遥不可及的。这并不仅仅是我个人浅薄的看法，那些精通皮相之美的内行人也是这么认为的，并且西方国家中抱有这种想法的人也不在少数。

其实我还打算进一步阐述东方女性在触感上也胜过西方女性（至少日本人是这么认为的）。不管是肤色还是身体比例，西方女性的胴体远看娇媚诱人，但是走近便会发现肌肤没有那么细致，而且汗毛茂密，实在让人提不起兴趣。此外，她们的肢体看起来修长紧实，似乎是日本人喜欢的胴体，但触摸她们的肢体时就会发现，皮肉松软、毫无弹性，没有一点丰满紧实的感觉。也就是说，在男性看来，西方女性只适合远远观赏而不适合拥入怀中，东方女性则完全相反。就我所知，若说起肌肤细腻滑嫩，没有哪个国家的女性能胜过中国女性，而且就日本女性来说，肌肤也比西方女性细腻得多。

东方人的肤色不算白皙，但正是这种浅黄的肤色为东方人增添了几分含蓄和内敛。日本男性从未有过明目张胆地观看女性身体的时机，这是从《源氏物语》时代到德川时代，都一直留存的习俗。日本男性只有在灯火摇曳的闺房，才能观赏抚摸女性的一小部分肉体，日本人审美就是这样自然形成的。

克拉拉·鲍的"it"和"女子大学"般的风韵，到底哪种更好一些，应该随个人喜好。然而令我担忧的是，在当今美国式的暴露年代，盛行着恶俗的娱乐演出，女性的胴体也开始不再神秘了，"it"不也就失去魅力了吗？在完全裸露之后，再美丽的女子也已无法牺牲更多。只要人们对肉体感觉到疲劳，那么人们对煞费苦心创造的"it"也将索然无味。

谷崎润一郎生平

1886 年，出生于东京，儿时生活富足，少时家道中落。

1905 年，得益于亲朋好友的慷慨解囊，进入日本第一高等学校学习。

1908 年，考入东京帝国大学文学部。因为受到德国、希腊、印度等国唯心主义与悲观主义思潮的冲击，形成虚无享乐的人生观。

1910 年，大学三年级时辍学，从此走上文学创作之路；和剧作家小山内薰、诗人岛崎藤村创办了《新思潮》杂志；发表短篇小说《刺青》与《麒麟》。

1911 年，发表短篇小说《彷徨》《少年》等，创作戏曲《信西》。

1912 年，发表短篇小说《恶魔》。

1913 年，发表短篇小说《续恶魔》《恐怖》等。

1914 年，发表短篇小说《直到被抛弃》《憎念》等。

1915 年，发表短篇小说《杀死阿艳》《忏悔》《创造》等。

1916 年，与石川千代结婚；发表短篇小说《神童》《鬼面》等。

1917 年，女儿谷崎鲇子出生；发表短篇小说《人鱼的叹息》《魔术师》等，以及自传小说《异端者的悲哀》。

1918 年，独自踏上中国的土地，先后游历了东北、北京、天津、汉口、九江及江浙等地，此后短暂担任中日文化交流顾问；发表短篇小说《化装舞会之后》《褴褛之光》《兄弟》等。

1919 年，发表游记《苏州纪行》，短篇小说《秦淮之夜》《盛夏夜恋》《一个少年的惧怕》等。

1920 年，发表短篇小说《途中》《蛟人》和《检阅官》。

1922 年，创作独幕剧《御国与五平》，发表短篇小说《某次犯罪的动机》《奇怪的记录》和《青花》。

1923 年，在关东大地震后，携家人移居京都；发表短篇小说《肉块》。

1925 年，发表长篇小说《痴人之爱》。

1926 年，年初再次前往中国，在上海结识了郭沫若、田汉、欧阳予倩等人，返回日本后创作《上海交游记》。

1927 年，出版散文随笔集《饶舌录》。

1928 年，发表长篇小说《卍》，短篇小说《黑白》和《各有所好》。

1930 年，与石川千代离婚。

1931 年，再婚，第二任妻子是古川丁未子；发表短篇小说《三人法师》《吉野葛》《乱菊物语》和《盲人物语》。

1932年，发表长篇小说《武州公秘录》和短篇小说《刈芦》。

1933年，发表长篇小说《春琴抄》和短篇小说《青春物语》。

1934年，发表评论集《阴翳礼赞》，发表短篇小说《夏菊》。

1935年，与古川丁未子离婚，迎娶第三任妻子根津松子。

1938年，发表短篇小说《猫和庄造和两个女人》。

1934—1941年，耗时八年三度将《源氏物语》翻译为现代文。

1942年，发表短篇小说《初昔》《昨天今天》。

1944年，因战争与家人离开居住多年的关西，去往热海别墅。

1946年，回到京都，在南禅寺下河原町买下一座小楼，取名"潺湲亭"。

1948年，发表长篇小说《细雪》和短篇小说《月亮与狂言师》。

1949年，荣获日本文化勋章。

1950年，发表长篇小说《少将滋干之母》。

1951年，发表短篇小说《乳夜物语》。

1952年，因严重的高血压前往热海休养。

1956年，发表中篇小说《钥匙》。

1958年，中风后右手失去知觉，此后以口述方式坚持创作。

1959 年，发表长篇小说《梦中的浮桥》。

1960 年，被提名为诺贝尔文学奖候选人。

1962 年，发表中篇小说《疯癫老人日记》。

1965 年，因肾病去世，葬于毗邻京都法然院的公共墓地，立碑两座，分别刻有"空""寂"二字。